小手鞠るい

今夜もそっとおやすみなさい

出版芸術社

眠れない夜を過ごしているあなたへ

森からこのおたよりを届けます
木の葉に言の葉をのせて
あなたの心に寄り添います
胸に刺さっている棘を
私が抜いてあげましょう
涙で濡れている頬を
私が乾かしてあげましょう
忘れたくても
忘れられないできごとを
この両腕で
包み込んであげましょう

だから今夜は安心して
おやすみなさい
ぐっすり眠って
あしたの朝
目覚めたときには私といっしょに
陽の光を浴びて笑いましょう
私はいつもここにいる
ここであなたを見守っています
だから今夜も安心して
ぐっすり眠って
いい夢を

ウッドストックの森のレッドメイプルより

Fire
lane

眠れない夜を過ごしているあなたへ　1
鹿を見習って　傷を舐める　8
黒熊新聞を読もう　ニュース断捨離のすすめ　16
見上げてごらん、台風一過の青空を　26
愛してくれて、ありがとう　36
ポーくんの教え　針を出す　46
もしもあなたが先に行ってしまったら　54
アティーシャのお茶汲み　64
もしも友人から「不倫相談」を受けたら　74
もしもあの頃のふたりに戻れたら　84
友だちは、少なくていい　94

Contents

装画　秦　直也
装幀　田中久子

今夜もそっとおやすみなさい

鹿を見習って

傷を舐める

あなたには、人に傷つけられた経験があって、その傷をずっと引きずっていませんか？

私の答えは、もちろんイエスです。

人に自慢できることではありませんけれど、私は傷つくのがとても上手で、落ち込むのが大得意。ちょっとしたことで、深く傷つきます。何気ないひとことに、そこに悪意はないと頭ではわかっていても、傷つきます。言われた言葉だけではなくて、メールに書かれている言葉にも過敏に反応して、いちいち傷つきます。

傷ついたあとは、うじうじ、うだうだ、くよくよ、朝から晩まで、いつまでも気にして悩んでいる。当然のことながら仕事は手につかなくなり、夜もよく眠れなくなります。

こういう性格を、なんとかして直したい。少々のことでは傷つかない、強い人間になりたい。幾度そう、思ったことでしょう。今もそう思っています。

しかし悲しいかな、持って生まれた性格というものは、そんなに簡単に変えられるものではありません。だからといって、放っておくと、私は傷だらけになり、ぼろぼろになり、いつまで経っても幸せにはなれません。

だったら、どうすればいいの？

こうすればいいのです。

長年「傷つき上手」な自分とつきあってきた私の編み出した、実践的かつ具体的な解決方法をこっそりお教えいたしましょう。


数年前に、こんなことがありました。

日本に里帰りをしていたとき、友人ふたりと私の三人で、ランチタイムを過ごす機会に恵まれました。新刊が出ると、私はいつもそのふたりにプレゼントしています。

「すごくよかった！　今まででいちばん読み応えがあった！」

と、友人のひとりが褒めてくれました。いろいろ感想も言ってくれました。もうひとりの友人はまだ読んでいなかったので、黙って聞いていました。

最初のうちは褒め言葉がつづいていたのですが、途中から、

「でも、あそこは……」

「それと、あそこも……」

「そういえば、あの場面だけど……」

いつのまにか、粗探しのようなことが始まっていたのです。

自分で書いた作品ですから、私にはすみからすみまで理解できています。何を言われても「それはそうじゃなくて、こうです」と、説明することができるし「それは誤読です」と、釈明もできます。ただ、私の解説を聞いても彼女には、納得できないところがあったのかもしれません。

ランチタイムの話題はもちろん、私の本のことだけではありませんでした。ほかにもいろんな話題が出て、三人で和気藹々と楽しくおしゃべりをしました。

けれどもその日の帰り道、タクシーの中で私は「ああ、痛い。私は傷ついている」と、自覚していました。

私は彼女に傷つけられた。

彼女は私を傷つけた。

悲しい、くやしい、腹が立つ、むしゃくしゃする、いらいらする。

ネガティブな感情があとからあとから、湧いてきます。感情には、増幅作用があります。いい感情も悪い感情も同じです。

悪い感情が爆発すると、どうなるか。「私をこんなに傷つけるなんて、あんな人、友だちじゃない！」と、私は激昂し、彼女とのつきあいを断ち切る、という結論を導いてしまう。若かりし頃の私は、そうでした。このような私の「傷つき上手」のせいで、どれだけ多くの友人を失ってきたことでしょう。その中には、とても大切な友人も含まれていたように思います。これは人生における大損です。

今の私は、感情を爆発させたりしません。

こういうときにはまず「なぜ？」と、問いかけます。

なぜ、私は傷ついているのか。なぜ？　なぜ？　なぜ？　と、くり返し。

冷静に――なるのは難しいけれど、深呼吸をして気持ちを落ち着けて、傷口を舐めます。

そう、心の舌で、心の傷を舐めるのです。くり返し、丁寧に。

なぜ、あなたは傷ついているの？

彼女は、私の親しい友人であるはずなのに、私の作品を批判したから。

それだけ？

彼女は、もうひとりの友人の前で批判して、私に恥をかかせたから。

それだけ？

彼女は、自分で買ったのではなくて、私から贈られた本を批判したから。

それだけ？

私は、彼女に会ったらきっと、彼女は私の作品を褒めてくれると期待していたから。

それだけ？

私は、自分の作品をけなされたら、腹が立って、頭に来る、心の狭い人間だから。

舐めつづけていると、最初は「彼女は」だった主語が途中から「私は」に変わってきます。つまり、私を傷つけたのは彼女ではなくて、彼女に褒められることを期待していた「私」であり、批判されることに弱い「私」なのかもしれない、と、気づくのです。

そうして、ホテルに戻って、彼女との会話を何度も再現しているうちに、こんなことにも気づきます。

もしかしたら彼女は今、自分の仕事がうまく行っていないから、あるいは、何か悩み事を抱えているから、あんなことを言ったのかもしれない。彼女は、意図的なのか、無意識なのか、それは私にはわからないけれど、とにかく、私の作品を批判することによって、自分の抱えているネガティブな感情を発散させようとしていたのかもしれない。

そう、かわいそうなのは、傷ついている私ではなくて、私を傷つけた彼女の方。

ここで、悪口を思い浮かべてみて下さい。

悪口というのは、言われた人よりも、言った人の方をより深く傷つけます。言われた人はそのうち忘れてしまいますが、言った人はいつまでも覚えています。自分で発した醜い言葉は、何倍にもなって、自分に返ってくるのです。

自分を傷つけているのは、自分。

このことに気づくと、たいていの傷はあっけなく癒えていきます。

あの日の私の傷は、このエッセイを書いている今、九十九パーセント、治っています。

百パーセントではありません。残りの一パーセントは、今後の人生を生きる上での大切な教訓として、あえて心に刻んでいるわけです。

私の暮らしている、ニューヨーク州ウッドストックの森には、たくさんの鹿たちが暮らしています。

いつだったか、そのうちの一頭が背中から腹部にかけて、大けがを負っていたことがありました。鋭い刃物か何かで深くえぐられたように見える傷口からは、血に染まった白い骨が見えていて「このままでは死んでしまうのではないか」と、胸を突き刺されるような思いに駆られていたものです。

彼女（めす鹿でした）は、それでも何食わぬ顔をして草を食みながら、ときおり首を回して、傷口をぺろぺろ舐めています。特に、痛そうでも、つらそうでもありません。

鹿にとっては「傷を舐める」という行為が「傷を治す」唯一の手段なのでしょう。実際に、唾液の中には、傷を消毒したり、殺菌したりする成分が含まれているそうです。

その鹿の傷は、一ヶ月ほどで治りました。あれよあれよというまに傷の縁から新しい毛が生えてきて、少しずつ傷口をせばめていって、ある日ふと気がついたら、彼女の体はすっかり元通りに。

野生動物は強いなぁ、と、改めて感心させられた出来事でした。

もしもあなたが今夜、誰かのひとこと、誰かの仕打ち、誰かの行為に傷ついているのだとしたら、あなたを傷つけた人もきっと、傷ついています。もしかしたら、あなたよりも深く。傷ついているのは、あなただけではありません。

心の傷は、舐めて治しましょう。かわいそうだったね、よく持ちこたえたね、大丈夫だよ、あともうちょっとの辛抱だからね、と。

傷ついているあなたに、傷つき上手な私から、今夜もそっと「おやすみなさい」——。

黒熊新聞を読もう

ニュース断捨離のすすめ

昼間や夕方に見たり聞いたりしたニュース、ネットで読んだり目にしたりした記事が気になって、夜、なかなか眠れない。

あなたには、そんな夜がありませんか？

もちろん私にもあります、と、書きたいところですけれど、幸いなことに、最近の私には、そういう理由で眠れない夜は、まったくと言っていいほど、ありません。

なぜなら、そういうニュースや記事は極力、意識的に、見ないように心がけているからです。要は、きつく蓋をしているわけです。知らぬが仏。

事の発端は、新型コロナウィルス。

二〇二〇年二月、たまたま日本へ一時帰国していたときから、コロナ報道（と、名づけておきます）は始まりました。初めの頃はクルーズ船内の感染にフォーカスされた報道でしたが、アメリカへ帰国したあと、感染も報道も一気に広がって世界中へ——この流れは、みなさんもよくご存じのことでしょう。

御多分に洩れず、私も毎朝、毎夕、ネットのニュース記事を読んでは、不安と恐怖に駆られていました。何しろ、ネガティブなことしか書かれていない記事ばかりですから、読めば不安になるに決まっています。不安になるとわかっていながら、つい読んでしまうのが弱い人間というもの。

マスコミは、まるでそのような不安を煽り立てるかのようにして、どんどんネガティブな報道を加速させていく。これでもか、これでもか、と。挙げ句の果ては「コロナによって世界は変わる」「もう二度と、もとの社会には戻らない」「コロナ後の世界はどうなる？」「先が見えない」「コロナの時代」というような見出しの記事まで出る始末。毎日、朝から晩まで、感染拡大の数字、数字、数字のオンパレード。感染しても発病しない人や発病しても治る人は大勢いるし、ワクチン開発も進んでいるのに、そういうことはほとんど報道されない。悪いことばかりを強調している。

見れば見るほど、読めば読むほど不安になって、夜も眠れないどころか、仕事も手につかなくなりそうでした。

四月のある日、私は決意しました。きっぱりと。

きょうからもう二度と、コロナ関係のニュースは読まない。見ない。追わない。

コロナ報道の断捨離です。

断捨離は、きっぱりやるに限ります。例外を設けては、断捨離にはなりません。

とにかくいっさい、金輪際、絶対に、断じて、何があっても、コロナ報道を見ない。見るものか！　切り捨ててやる！

そんなこと、できたの？

できたのです、これが。

だって、ただ「見ない」というだけの行為ですから、やろうと思えば、誰にだって簡単にできます。記事を「読む」よりも「いっさい読まない」の方が行為としては、簡単でしょう？　時間もまったくかかりません。もしかしたら、断酒や禁煙と同じでしょうか？

で、その結果は？

素晴らしい結果が出ました。

毎日が薔薇色、毎日がハッピー、毎日が平穏無事で、夜はぐっすり、仕事はすらすら捗って、こんなにも素晴らしい日々はない、というほどの状態。コロナなんて、どこ吹く風。

実はこういう状態は今も、つづいているのです（現在は二〇二〇年十二月）。

嘘でしょ？　と、あなたは今、端から疑ってかかっているでしょう？

もしもそうなら、あなたも一度、試してみて下さい。

ネガティブな報道の断捨離。

そうすれば、私の書いていることが嘘ではないと、きっとすぐにわかるはず。

実は、私の夫もそうだったのです。

「僕もきょうからコロナ関係のニュースはいっさい読まないことにした」

と、夫が宣言したのは、夏ごろだったでしょうか。

その後「きょうから、暴動関係のニュースは見ないことにした」そして「きょうから、大統領選関係のニュースは見ないことにした」がつづきます。

その結果、我が家の「家の中」には、コロナもなければ、暴動も、大統領選のごたごたもなくなって、まことに「幸せな家庭」が実現したというわけです。

こんなことを書くと、新聞社や雑誌社やテレビ局などをはじめとする、マスコミ関係者からは大いにお怒りと顰蹙を買うことでしょうけれど、それを承知で書けば、私は、ニュース記事、言ってしまえば報道というものに対して、総じて懐疑的なのです。

もちろん、信じるに値する記事も多数あると思います。

時間をかけてきちんと取材し、裏を取って、公平かつ客観的な視点を貫いて、責任感や使命感を持って書かれた記事も多数あると思います。

しかし、そうではない記事も、それと同じくらいあるように思えてなりません。

遠い過去の話になりますが（今、調べてみたら一九八九年でした）日本のある大手新聞社の記者が海に潜って、みずからの手で珊瑚礁に傷を付けた上で、それを写真に撮って「こんな傷を付けたのは誰か！」と激しく糾弾する記事を書き、新聞社はそれを掲載した、という事件がありました（珊瑚礁記事捏造事件という名前が付いています）。

私が報道というものに懐疑的になったのは、まさにこの事件をきっかけにして、でした。それ以降、現在に至るまで、どんな記事を読んでも、どんなニュースを見ても、この「珊瑚礁」が浮かんでしまう。信じてはいけない、鵜呑みにするな、まず疑ってかかれ、と、脳内で警鐘が鳴ってしまうのです。

私の脳みそにはいまだに、そのとき記者の付けた傷が残っているのでしょう。

これはもうどうしようもありません。

今回のコロナ報道においても、アメリカでは、同じようなことが起こりました。

初期ごろには、アメリカのマスコミは「マスクは効果がない。マスクを買ってはいけない。マスクを装着するな」と、盛んに報道していたのです。今では手のひらを返したように「マスク、マスク、マスク」と、連呼しているわけです。しかも「マスクを装着するな」と報道していた人たちは、間違った報道に対する責任を問われることもない。

信じてはいけない、鵜呑みにするな、まず疑ってかかれと私が思っても、不思議はないでしょう?

コロナ以外にも、絶対に目にしたくない報道というのは、多々あります。

みなさんにも、ありませんか？

動物虐待、幼児虐待、性犯罪、育児放棄、残酷な殺人事件など。

これは一部のマスコミにとっては、格好の餌です。残酷であればあるほど、大量の人心を釣れる餌なのです。

もちろん、そんな餌に引っかかれば、夜も眠れなくなります。

どうすればいいのでしょうか？

やはり「いっさい見ないことだ」と、私はご提案します。特に「匿名の人の書いたニュース記事は読まないことだ」と、言い添えておきます。そのかわりに、時間をかけて、ありとあらゆる角度から綿密に取材されて書かれた、ノンフィクション作家による作品やルポルタージュを読めばいい。そのテーマに興味があれば。

私は幼児虐待に関するニュースは断捨離していますけれど、ノンフィクション作品は熱心に読んでいます。この話題に、関心があるからです。作家やライターが自分の言説に責任を持って書いている、一冊の本の力を信じているからです。

学生時代に読んだ本なので、タイトルも作者も忘れてしまったのですが、あるアメリカ人作家が「俺はいつも、三年前の同じ日の新聞を読んでいる。三年前のものを読めば、その記事の内容が正しかったかどうかもよくわかる」というようなことを書いていて「なるほどなぁ」と、うなずいたものです。

三年前のコロナ報道。三年後に、読んでみませんか?

きっと「なんでこんなにも大げさな、無責任な報道にふり回されていたんだろう」って、笑いながら思えるのではないでしょうか。

今夜は、おやすみ前に、うちの森の黒熊さんのお話をお届けしましょう。

ブラックベアという名前の、おとなしくて、シャイな熊さんたちです。

毎年、五月の終わりから六月にかけてのある日(それがこのあたりに住んでいる熊さんたちの「春」なのです)冬眠から目を覚まして、我が家の庭にある池に泳ぎにやってきます。その年の初泳ぎ。でっかい雄の熊は一頭で、のっしのっしと歩いてきます。横綱熊さんです。じゃぼんと池に飛びこんで、すいすい泳ぎます。

母熊は、子熊を連れて姿を現します。子熊たちは池に入って、互いに水をかけ合って、遊んだりしています。

黒熊さんが現れると、私は仕事もそっちのけで、双眼鏡を手にして、熊鑑賞。

夏になると、二頭の若い熊さんが現れて、追いかけっこをしたり、相撲を取ったりして、じゃれ合っていることもあります。これはどうやら恋人同士になったカップルのようです。

秋になると、熊さんたちは盛んに木に登って、栗の実を食べたり、クラブアップルを食べたりします。それからふっつりと姿を消します。

山の奥にある洞窟か、洞穴か、どこかあたたかい場所で、雪が解けて春が来るまで、すやすや冬眠しているのでしょう。

雪にすっぽりと覆われた森の仕事部屋で、私は「今ごろ、熊さんたちはどんな夢を見ているのかなぁ」と、思いを馳せています。

森の「黒熊新聞」は、年に二回、春と秋だけに届きます。

記事は毎年おんなじです。

信頼に値するニュースです。

責任感と使命感を持って、報道されています。

「みんな、春が来たよ。さあ、目を覚まして、森の池に泳ぎに行こう！」

これが五月発行の「春号」です。

そして、十月発行の「秋号」はこんなふうになります。

「みんな、そろそろ冬が来るよ。しっかりごはんを食べて、雪が解けるまであたたかいおうちで、ぐっすり眠ろうね。何も心配しなくていいよ。目が覚めたら、新しい春になっているよ。それまでぐっすりおやすみなさい」――。

見上げてごらん、台風一過の青空を

こんなお手紙をいただきました。

【小手鞠さん、聞いて下さい。三十代の会社員です。今の職場はわりと気に入っています。私は営業職なのですが、私と同期で入った人にすごく優秀な人がいて、いつも営業成績がトップなのです。周囲からも実力を認められていて、彼女に比べて私は……と思うと情けなくて、くよくよしてばっかりで、夜も眠れないほど。そしてもうひとり、私よりもあとから入った後輩（男性です）。一時期、彼とチームを組んでいたことがあるのですが、この人は全然と言っていいほど、仕事のできない男。なのに、なぜか、今年の人事で私よりも上の地位に上がったのです。あれもこれも、私が裏で助けてあげたからできたことなのに、みんなまったくわかってない！　もう、くやしくて、くやしくて……こんな私に何かアドバイスを下さいませんか？　小手鞠さんには、こういう経験はなかったのでしょうか？】

ありました。

それはもう、あなたに負けないくらい、ありましたとも！

あなたが夜も眠れなくなるほど、くよくよ、もやもやしているその感情。

私にとって、とても馴染み深い感情です。親友と言ってもいいほどに。

嫉妬、ですね。

「鹿を見習って——傷を舐める」の章に書いたように、私は人に自慢できるほどの傷つき上手。加えて、私は長きにわたって「嫉妬の達人」でもあったのです。一応、過去形で書いておきますけれど、もちろん今でも、その片鱗をお尻にくっつけています。

二十代、三十代の頃には、仕事上ではなくて、恋愛における嫉妬に苦しんでいました。

恋愛における嫉妬とは、どろどろ、じめじめ、うじうじ、薄暗くて、かび臭い「想像の苦しみ」です。相手のあれやこれやを想像しては、苦しんでいたわけです。書こうと思えばいくらでも書ける「嫉妬」という名の短編小説。いえ、長編小説。

でもここでは、仕事に関する話に焦点を当てて、お返事を書くことにします。

まず、あなたと同期で入社した優秀な女性社員に対する嫉妬について。

この嫉妬の同義語は「羨望」です。

つまり「うらやましいなぁ」という感情です。

小説家になりたいとあこがれて、文芸雑誌に片っぱしから作品を投稿していた頃、私も、私と同じ年代で新人賞を取って作家になっている女性たちに対して、激しい羨望の念を抱いていました。雑誌に掲載されている「新人賞受賞作」を読んでは、ああ、素晴らしいなぁ、いいなぁ、うらやましいなぁ、私と同じ年齢なのに、彼女は小説家としてデビューできて、私は第一次選考にも残らなかった小説家志望のフリーライターか。ああ、情けない、みじめだ、と、朝から晩まで悶々と思っていました。

そしてもうひとつ、仕事のできない男性社員の出世に対する嫉妬について。

これも、いやというほど味わいました。

私よりも年下の男女の新人賞受賞作を読んでは「なぁんだ、つまらない。こんなしょうもない作品が賞を取れて、どうして私のあの作品は取れないわけ？」と、幾度、思ったことでしょう。ああ、くやしい、腹が立つ。

どうですか？

私が嫉妬の達人だってこと、これでよくわかって下さいましたね？


では、ここからは対策編。

私はこのような嫉妬をどうやって乗り越え、どうやって打ち勝っていったのか。

答えは簡単です。

がんばるしかありません。この嫉妬を克服するためには、努力するしかない。負けたくない。小説家になりたい。ならば、そうなれるように猛烈にがんばって、いい作品を書くしかない。私は書きつづけました。あきらめそうになる自分に鞭打って。

あなたにも、同じアドバイスを贈ります。優秀な女性社員に負けたくなければ、仕事のできない男性社員を見返したければ、とことんがんばって下さい。負けるもんか、今に見てろよ。まずはそういうガッツを持つこと。

つまり、ネガティブな嫉妬を、ポジティブな嫉妬に変換するのです。「くよくよ・うじうじ」を「もりもり・ばりばり」に変えるのです。

嫉妬の達人が「負けず嫌い」になったら、これは強いですよ。ゼロからのスタートではなくて、マイナスからのスタートなんですから。勢いがあるのです。

ところで、嫉妬というのはおかしなもので、あなたも私もそうですけれど、自分と似たようなポジションにいる人に対して、抱くものなのですね。あなたと優秀な女性社員は同期であり、同性でもありますね。私も新人小説家に嫉妬していた頃、嫉妬の対象になっていたのは全員、同年代の女性作家だった。男性作家への嫉妬は、不思議なことに、まるでなかったのです。

これはいったい、何を意味しているのでしょうか。

実はこれこそが先に書いた答え――「嫉妬というのは、努力次第で乗り越えられるものである」の実体なのです。

だって、そうではありませんか? 同年代で同性です。育ってきた年月の長さも同じで、受けてきた教育も同じで、同性であることの共通点もいろいろあります。彼女にできて、あなたにできないことはほとんどない、と言っても、過言ではないでしょう。もちろん才能の違いは、幾分かはあるかもしれません。しかし、同じ会社の同じ営業職に就いているわけですから、あなたと彼女のあいだには、そんなに大きな違い（天と地ほどの）は、ないはずです。

あなたと彼女のあいだにある差は、努力の度合い、これだけなのです。彼女はきっと、あなたよりもほんの少しだけ、よく努力をしているのです。だったらあなたは彼女よりも、ほんの少しだけ多く、努力を重ねればいいのです。

どうですか、少しは「乗り越えられそう！」な気分になってきましたか？

もうひとつ、別の角度からアドバイスを。

嫉妬とは、あなたと同じような立場にいる人に対して湧いてくる、自分に対するネガティブな感情。であるならば、この感情を逆手にとって、もっと上の方にいる人を見上げて下さい。しかも、ちょっとやそっとの「上」ではなくて、青空の遥かかなたにいるような、天井を突き抜けているような人を見るのです。

あなたの場合だと、たとえば、営業ウーマンから転身して、女性起業家として大成功している女性とか、あなたの会社の女性社長（もしも社長が女性であれば）とか、あるいは、政治家でも、俳優でも、ミュージシャンでも、職種はなんでもいいのです。要はあなたの「あこがれの存在」ですね。

私の場合ですと、田辺聖子先生、やなせたかし先生——「あこがれの作家」です。とても大きな存在です。自分の小ささを実感しながら、あこがれている作家の背中を仰ぎ見つつ、自分の目の前にある道をこつこつと進んでいく。

あこがれの人には、嫉妬心など湧いてきません。だって、青空のかなたの雲の上の、そのまた上にいる人たちに嫉妬したって、それは嫉妬にもならないでしょう？

あこがれの気持ちもまた、負けず嫌いとは違った意味で、あなたにがんばる力を与えてくれます。

どんな形であっても、程度の差はあっても、他人に嫉妬を感じるのは、人間としてごく当たり前のことです。感じない人がいたら、その人は不感症（笑）。嫉妬という自然な（しかしネガティブな）感情を、いかにしてポジティブな感情と行動に変えていけるか。

変換キーは、あなたの手もとにあります。

あなはただ、ポン、とキーを打つだけ。ね、簡単でしょう?

さあ、そろそろ夜も更けてきました。

今夜はぐっすり眠れそうですか?

あしたは「負けるもんか!」のガッツでがんばれそうですか?

あなたはまだ三十代。あと三十年くらいは、がむしゃらに行きましょう!

そのあとにはきっと、台風一過の青空が広がっています。逆の言い方をすれば、台風(別名を嫉妬の嵐と言います)を乗り切らなくては、青空は見えない。


最後に、私が今朝、たまたま読んでいた本の中に出てきた言葉を紹介しましょう。

『歳のことなど忘れなさい。いつまでも自分らしく生きるために』(出版芸術社)の著者、加藤恭子さんが、広告会社の営業部門で長く働いてきて定年退職をした教え子の男性の、こんな発言を紹介してくれていました。

実はこの発言、六十代の私への、まさに黄金の贈り物のような言葉でもあるのです。

「アドバイスをさせてもらうなら、〝卒業〟した時に自分の身の丈を認識したらいい。収入にしても、体力にしても、〝卒業〟した時の自分はここにいる、ということを認識した上で、自分の夢をかなえていけばよいと思う。人の事を羨んだりしないで、身の丈を知った上で、楽しく暮らしていくことが、一番。僕は身の丈をちゃんと知っていようと思っています。まさに『足るを知る』ことが肝要と思っています。〝幸せ感〟は人と比べるものではない。比べて羨ましがっても、嫉妬してもしようがないって事ですね。もうこれからは、比較しなくてもいい人生なんです。そんな状態で楽しくしようとすることが、心の平和にもなって、良いスパイラルになると思います。やきもちとか、羨望していると、どんどん自分が負のスパイラルを背負って、良くない方向に向かっていく気がする。自分のレベルで楽しく暮らすのが一番で、僕もそうしていきたい」

見上げてごらん、台風一過の青空を

愛してくれて、ありがとう

愛さなくてはならないと、頭ではわかっているのに、どうしても愛せない人。

あなたには、そんな人はいませんか？

私には、います。

その人の名前は、ベティ。夫の母親です。義母、姑さんです。英語では「マザー・イン・ロー」と言います。法律上の母ですね。愛する夫（と、臆面もなく書いておきます）を産んで、育ててくれた人。

どんなに感謝しても感謝し足りないはずの人を、私はどうしても愛せなくて、何年にもわたって苦しみました。幸いなことに、あくまでも過去形ですけれど。

いわゆる嫁と姑の確執。これって、日本人の嫁とアメリカ人の姑のあいだにも起こるものなんです。嫁姑問題に、国境はないってことでしょうか（笑）。

笑っている場合ではありません。まあ、聞いてやって下さいな。他人の不幸は蜜の味って言われているでしょ？　この話、けっこう面白いですよ。

冗談はさておき、本題に入る前に、夫の家族関係について説明しておきます。まずこれを理解していただかないと話を進めていけないので、退屈かもしれませんけれど、ご辛抱をお願いいたします。

夫の両親、ジャックとベティは、夫が十八歳のときに離婚しました。物心ついたときからすでに、ふたりの仲は険悪だったそうですが、息子が大学生になるまでは我慢しようと決めて、仮面夫婦を演じていたようです。

夫はそれがいやでたまらず、

「ふたりが別れてくれたときには、本当にうれしかった。清々した」

と言います。

その後、ジャックとベティはすぐに、ほかの人と再婚。待ちに待った再婚でした。特にベティには、離婚前から、意中の人がいたのです。

アメリカでは両親の離婚後、何か特別な事情でもない限り、子どもたちは父親とも母親とも、継父とも継母とも、新しくできたきょうだいとも、親しくつきあっていくのが一般的です。

そんなわけで、私と夫が結婚したときには、うちの両親を合わせると、合計六人の親たちがいました。私たちは、ジャック夫妻とも、ベティ妻夫（?）とも、家族として仲良くおつきあいをしていたわけです。めでたし、めでたし――と言いたいところですけれど、話はここから始まります。

やがてベティの夫が亡くなり、彼女はシングルに。七十代の頃だったと思います。

夫に死なれて、寂しかったのでしょうか。

ひとり息子に対する要求が年々、激しくなっていきます。

要求の内容は、

「会いたい」

「もっと会いたい。もっと頻繁に、もっと長く」

「いっしょに旅行したい」

「会いに来てくれないなら、こっちから行く」

「親子なんだから、それくらい当然ではないか」

「私はあなたたちの母親なのよ、こんなに愛しているのよ」

簡単にまとめると、こんな按配です。

ベティはハワイ州、私たちはニューヨーク州に住んでいるので、そんなに気軽に会うことはできません。しかし彼女は海を越え、大陸を越えて、息子夫婦に会いにやってきます。まるで、引越しなのかと思えるほど、巨大なスーツケースを二個、転がしながら。

もちろん私は嫁として、やるべきことはやったつもりです。

彼女の願いを叶えてあげるために、ふたりきりで外国旅行もしました。ある年はイタリアへ、ある年はイギリスへ。夫はもっと頻繁に、行き先は世界中、と言ってもいいくらい、いろんな国へ。ベティの趣味は、旅行だったからです。

いったいどこに問題があるのか？　と、あなたは今、思われていますか？

この話を私の母にしたところ、母（岡山在住）からもこっぴどく叱責されました。

「旅行の費用は全部、向こう持ち？　お前はただいっしょに行けばいいだけ？　そんな姑さんがどこの世界におる！　もっと大事にして、しっかりお尽くしせんか！」

そうは言われても、問題はですね、これも簡単にまとめてみますと、別れ際に決まって、このように言われるのです。

「ああ、短かった。もっと長く、もっとしょっちゅう、いっしょにいたい」

「次はいつ会えるの？」

「またすぐに会いたい」

「あなたをこんなに愛しているのよ」

「今度はどこへ行こうかしらね？」

「どうしていつも、こんなに短いの？　もっと長くいっしょにいたい」

短い短いと愚痴をこぼされます。短いと言っても、夫は三週間くらい、私は一週間くらい（私と夫が彼女といっしょに一ヶ月も旅をするのは至難のわざなので、こういう期間配分に）仕事を休んで、家を留守にしてきているわけです。それでもベティにとっては、頻度も長さも不満。一ヶ月でもまだ「短い」のです。

「ベティ、そうは言われても、私にも仕事がありますので」

そう説明すると、

「まあ！　仕事なんて、しなくてもいいじゃないの。あなたには私の死後、遺産がしっかりと転がり込むのだから」

そんな答えが返ってきます。

そして最後は、

「あなたのことをこんなに愛しているのよ。私はあなたたちの母親なのよ。老いた母親の願いを聞いてちょうだい」

と、涙目で訴えかける、もしくは、口うるさく説教する、のどちらかです。

会っていない期間には、三日にあげず電話がかかってくる。メールも三日にあげず。そのメールにはいつも「私はあなたの母親なのよ。愛しています」という英文だけが大文字で書かれていましたっけ（その文を強調している、ということです）。

そんなこんなで、ある日とうとう、私の堪忍袋の緒は切れました。「ブチッ」と、切れる音が実際に聞こえたような気がします。

夫にびしっと言い渡しました。

「あなたのことは大好きで、私たちの結婚生活にはなんの不満もないけれど、もしも離婚するとしたら、あなたのお母さんが原因、ということになります」

夫はまっ青になりました。事態は深刻。なんとかしなくては、と思ったのでしょう。

彼はきっぱりと、こう言ったのです。

「よくわかった。きみはこれ以降、ベティに会う必要もなければ、連絡をする必要もない。いっさいの関係を断ち切ってくれていい。彼女は僕の母親だ。きみには、彼女に会う義務もなければ、彼女にきみの時間を侵害される謂れもない」

これで、私たちの離婚は回避されました。天晴れ、わが夫。

夫は夫で、母親の「愛しているのよ」には、業を煮やしていたようです。幼い頃、両親の不仲によって、さんざんつらい目に遭わされていますからね、何を今さら、という気持ちもあったのでしょう。

今現在、九十代になっているベティは、ハワイ州ホノルルにある、完全看護と医療機関付きのマンションで暮らしています。何不自由なく、幸せな老後を過ごしているようです。ただ、アルツハイマー病が進行中で、数年前から息子のことも私のことも、わからなくなっています。

一年ほど前に会いに行ったとき、こんなことがありました。

彼女は今、自分がどこにいるか、さえもわからなくなっていました。夢の世界を漂っているような状態で、言っていることも支離滅裂。ところがふとした拍子に、正しい現実認識が戻ることがあるようなのです。

私が「ベティ、気分はどう？」と話しかけたとき、一瞬、奇跡が起こりました。

彼女は私の顔をまじまじと見つめて、こう言ったのです。

「あなたに感謝します。私の息子を愛してくれて、ありがとう。あなたたちふたりが愛ある人生を送っていることが私の最大の幸せです」

どうしても好きになれない人だったけれど、やるべきことをやっておいてよかった、と思いました。夫から「以後、関係を断ち切っていい」と言われたあとも、私はがんばって、嫁としての務めを私なりに果たしてきたのです。

もしもあなたが今、姑さんとの関係で悩んでいるのなら、私はあなたにこう言ってあげたい。

無理して、好きになろう、愛そうなんて、思わなくていい。嫌いな人は、嫌い。それでいい。たとえ姑であっても、自分の母親であっても、相性というものは、あります。嫌いな人を好きになろうなんて、どだい、無理な話。だから、あの人が嫌い、と認めた上で、自分にできる限りのことをする。とにかく行動する。心なんて、こもっていなくてもいい。体を動かすだけなら、いやいやでもできるはず。

相手のために尽くすのではなくて、あなた自身のために尽くすのです。

そして、これがいちばん大事なことなのですけれど、自分を責めないこと。姑さんを愛せない自分を許すこと。これでいいんだと、自分を肯定してあげること。

ギリシャ旅行中に出会った、おやすみ猫さんと仲良し猫さん。
下の二匹は姉妹でしょうか？　まさか、嫁と姑？
ちなみにこの旅行へは、夫とふたりで出かけました。

ポーくんの教え

針を出す

ポーキュパイン、という動物をご存じですか?

「えっ、何それ? 聞いたことがない」

と、首をかしげているあなたも「山あらし」なら、ご存じでしょう。実際に見たことがなくても、名前くらいは、知っているのでは?

山あらしは「山荒」あるいは「豪猪」とも書きます。私は「ポーくん」と名づけています。森の剽軽者です。

体中から、鋭い棘状の針を突き出しています。毛と針の色は、グレイと茶色が混ざったような感じ。それほど大きくありません。小型犬くらいかな。夜行性の草食動物です。木登りがお上手。顔つきはとても可愛らしくて、性格は穏やかで――そう見えているだけかもしれませんけれど、いたっておとなしくて、動きはのろくて、人に出会っても、走って逃げたりしません。のろのろ、もごもご、よっこらしょ、と、亀みたいにゆっくり去っていきます。ときどきうしろをふり返りながら。その姿がなんとも言えず剽軽なのです。

山登りや散歩の途中で、何度か会ったことがあります。うちのガレージの近くでうろうろしている姿を見かけたことも。

森の小道で遭遇したときには、歯をカチカチ鳴らしながら、全身を覆っている針を逆立てて「どうだ、怖いだろう！」と、威嚇されました。

ちっとも怖くなかったです。

「わあ、可愛い！」

声を上げて近づいていって抱き上げ、背中を撫でてあげたい気持ちをぐっと抑えました。だって、そんなことをしたら、私の手は血だらけになるでしょうから。

ポーキュパインとお友だちになりたい一心で身をすり寄せていって、大怪我をしてしまい、動物病院に駆け込む羽目に陥る、フレンドリーな飼い犬も多いようです。

ポーくんはなぜ、全身を尖った針で包んでいるのでしょうか。

もちろん、自分の身を守るためです。天敵である肉食獣に追いかけられたりしたときには、うしろ向きになって、みずから攻撃をしかけることもあるそうです。うしろ向きになれば、相手に針がグサグサ刺さるようになっていますからね。

さて今回は、傷つき上手な私がポーくんから教えてもらった「保身術」について、お話ししましょう。

日本から遠く離れて暮らしている私ですけれど、インターネットのおかげで（と言うよりも、せいで、と言うべきかな）日々、日本語の言葉に取り囲まれて暮らしています。

仕事関係者とは毎日のようにメールで連絡を取り合っているし、調べ物をするためにネットサーフィンをすることもあるし、数年前からは、自著の紹介活動を主な目的として、ツイッターも始めました。

めったに日本人に会うチャンスがないのに、私が傷つく大きな原因は、ネット上にあふれている日本語にあります。英語だとなぜか、傷つくことはない。それは、私の英語力が傷つくレベルまで達していないからでしょう。

なにはともあれ、ここで言う言葉とは「日本語」です。

人の発した言葉。私に向かって発せられた言葉。特に私に向けていないはずの言葉に傷つくことだって、あります。本当に、ちょっとした言葉によって、私はすぐに傷つきます。

だって、傷つき上手ですからね。

たとえば、書評。悪評、酷評などを目にしたときにはもちろん、どっかーんと落ち込みます。批判、非難、悪口、攻撃、言葉による暴力。あなただって、そんなものを目にしたり、読んだりしたら、落ち込むでしょう?

落ち込むだけじゃなくて、腹が立つことも大いにあります。

作品を一方的に批判される。しかも、誤読されている。しかも、買った本ではなくて、借りた本を読んで、批判している。しかも、私の名前の表記を間違っている。こういった腹立たしい記事が匿名で、垂れ流されているわけです。腹を立てて当然ではないでしょうか。批判したければ堂々と、実名でやりなさいよ、と言いたくもなります。

あなたにも、経験はありませんか?

一方的に悪口を言われた。しかも、誤解に基づいている悪口を。しかも、直接ではなくて間接的に、まわりの人を巻き込んで。

このようなことがネット上では、これでもか、これでもかと、起こっているわけです。傷つかない方がおかしいのではないでしょうか？

あるとき私は、決心しました。これはなんとかしなくてはならない。これ以上、自分が傷つくような状態を野放しにしてはならない。

で、私はどうしたか？

全身から針を出しました。そう、ポーくんのやり方を見習って、鋭い棘のような針で自分を守ることにしたのです。とはいえ、この針は、相手を攻撃するためのものではありません。あくまでも自分を守るためのもの。

【針その1】ありとあらゆる書評、レビュー、本の感想サイトなどは、いっさい見ない。

【針その2】ちょっとでもいやなことが書かれているメールは「デリート・フォーエバー」する。永遠に削除するって、なんて爽快な言葉なんだろう。

【針その3】ちょっとでも不愉快なコメントがツイッターに入ってきたら、即「ミュート」

する。ミュートの意味は「消音」。これは、相手にはわからない形で、その人のコメントが目に入らなくなるようにできる機能です。


どうですか？　簡単でしょう？

全身から針、と言っても、たった三本だけなのです。

いっさい見ない、永遠削除、消音。

この三つを徹底して実行するだけで、あなたは、無意味で無駄な傷から救われます。私もずいぶん救われています。

「このごろ、あんまり落ち込まなくなったねぇ」

と、夫から言われるようにもなりました。

どうでもいいようなことにいちいち傷ついて、いちいち落ち込んでいた私を、彼は長年、そばで見てきたのです。

そういえば昔、夫からも貴重な「ポーくんの教え」を授かったことがあります。まだ固定電話が家にあった頃のことです。

「あなたのお母さんから、用もないのに頻繁にかかってくる電話がいやでたまらない」

と、私が愚痴をこぼしたとき、彼はにっこり笑って、こう言い放ったのでした。

「そんなにいやなら、電話線を引っこ抜いておけばいい。それで解決できるだろ？」

確かに。

今なら「着信拒否」の設定をしておけ、ということでしょう。

もう一本、針を加えましょうか。

【針その4】出たくない電話には出ない。会いたくない人には会わない。聞きたくない言葉は聞かない。出ざる、会わざる、聞かざる。

人に会うためには、アポイントメントを取って、時間を作って、電車に乗って、会いに行かなくてはなりません。でも「会わない」のはすごく簡単！　あなたを傷つけるとわかっている人には、会わないだけでいい。その時間をもっと楽しいことに使いましょう。

今夜は、おやすみ前のあなたに、小さな詩を一編、お届けします。

天使のつぶやき

ピンチに陥っているとき
どこからともなく姿を現して
さり気なく助けてくれて
名前も名乗らないまま去っていった
あの人は天使だった
見送った背中には
羽が生えていた
そんな天使に
私もなれたらいいな
泣いている人の涙を乾かすような
風のような言葉を
ひとつでも書けたら

もしもあなたが先に行ってしまったら

【子どもを望んでいましたが、縁がなかったようで、夫婦ふたりの家族です。将来、ひとりになってしまったらどうしよう。朝、起きたとき、夫が突然死してたらどうしよう。もしも夫が先に行ってしまったら、妹の家の近くに引っ越そうかな、と、ぐるぐる考えてしまって、眠れなくなることがこのごろよくあります。小手鞠さんには、そんな夜はありませんか？　そういうときには、どうしていますか？】

お手紙ありがとう。

私たちも、子どものいない夫婦です。

二十代のときに京都で知り合って、恋愛が始まり、三十代のときに結婚して、アメリカに移住（夫は帰国）して現在に至るまで、今年で三十七年。この間《かん》、波風が立ったこともあったし、もしかしたらあれは、離婚の危機だったのかなと思えるような出来事にも直面しましたけれど、なんとか乗り越えて、六十代と五十代（夫は六つ年下）になった今も、森の中で仲睦まじく暮らしています。

動物保護施設から猫（名前はプーちゃん）を引き取って、我が子のように溺愛していたこともありました。十四年間、夫婦喧嘩を仲裁してくれたプーちゃんのおかげで、離婚の危機も回避できたのです。

プーちゃんに死なれたときには、ふたりとも一生分の涙を流して、流し切ったあとには、夫婦の絆はいっそう深まったように思います。もしも私たちが別れるようなことがあったらプーちゃんに申し訳ないし、ふたりで共有しているプーちゃんの思い出をばらばらにするようなことがあってはならないと思うからです。

前置きが長くなりました。そんなこんなで仲良し夫婦の私たちですから「彼が先に逝ってしまったらどうしよう」と思うことは、もちろんあります。夜だけじゃなくて昼間でも、車で出かけた彼が「高速道路で事故に遭っていたらどうしよう」「雪道で車をスリップさせていないだろうか」などと心配しています。

悪夢を見て、夜中に、はっと目を覚ましたとき、隣から夫の落ち着いた寝息が聞こえてくると、たとえようもなく安らかな気持ちになって、ふたたび安らかな眠りに就くことができます。

そんな彼がいなくなってしまったら――

どれほどの悲しみを、心の痛みを、寂しさを、私は経験しなくてはならないのでしょうか。想像するのも、怖いほどです。どんなに想像をたくましくしても、おそらくその想像をはるかに超えたものになるでしょう。

六十年以上も生きてきたので、これまでにさまざまな悲しみを経験してきました。その最たるものは今のところ、プーちゃんの死でした。

もしも彼が亡くなったとき、あれ以上の悲しみに襲われるのだとすれば、私はそれにひとりで耐えられるだろうか。

自信はありません。皆無と言っていいほど。とんでもない自分勝手だとわかっていながらも、叶うならば彼よりも先に、私が逝けたらいいなと願っています。

ああ、これではまったく、お返事になっていませんね。

でも今の私には、あなたに贈りたい言葉があります。

それは私の言葉ではなくて、私の親友が私に贈ってくれた言葉（文章）です。


彼女は児童書の編集者で、私の仕事のパートナーでした。「でした」と書いたのは、何年か前に彼女は人事異動で別の部署に移ったからです。『お菓子の本の旅』『思春期』『見上げた空は青かった』――この三冊をいっしょに創りました。彼女の編んだ『ほんとうにあった戦争と平和の話』というアンソロジーにも寄稿しました。

私よりもかなり年下のはずです。私にとっては「頼りになる妹」みたいな人。

彼女が異動になってから二、三年後、久しぶりに届いたメールに、ご主人が闘病中である、という近況が綴られていたときには、矢も盾もたまらなくなり、励ましのメールを書いて送ったものです。同時に私はそのとき、彼女の強さに胸を打たれていました。困難な状況に陥っていながらも、彼女の生き方、考え方はポジティブで、勇気と愛に満ちあふれていたからです。

それから数年後、彼女のご主人が亡くなったということを、私は、彼女の同僚から届いたメールで知りました。まっ先に頭に浮かんできたのは、まだ彼女と知り合ったばかりのころ「あまりにも仲良し夫婦だから、彼に先立たれるのが何よりも怖い」「私も！」と、似た者同士のメールを書き交わしたことでした。

私たち夫婦よりもうんと若い彼女たちに、先に、そんな日が訪れるとは。

彼女は今、どれほどの喪失感と悲しみと孤独に苛まれていることだろう。

そう思うと、胸が押し潰されそうで、私には彼女にかける言葉が見つかりません。何度もメールを書きかけては、挫折しました。どんな言葉も虚しく、空々しく思えてならず、どんな文章を書いても、私は私の文章が許せない。

かつて私が愛猫の死を悲しんでいたとき「元気を出してね」「心からお悔やみ申し上げます」「天国でまた会えるよ」――などなど、どんな慰めの言葉も胸には響かず、もちろんうれしくもなく、ただただ悲しくなるだけで、それどころか、さらに心を傷つけられただけ、という経験をしていたからです。「新しい猫を飼えば」と言われたときには、その人の頬を引っぱたきたくなるほどの怒りを感じました。

こういうときには、何も書かないでいるべきだ、と、結論を導きました。彼女がみずから進んで私に何かを発信してくるまでは、私は静かに、遠くで、待機しているのがいいだろうと。スタンド・バイ・ユーです。

言葉とは、使うためにだけ存在しているのではなく、時と場合によっては、使わないためにも存在しているものなのではないかと、私は思っています。

どんなに優しい言葉よりも、沈黙が優しさになることもあるのです。

つい最近、私は彼女から、一通のメールを受け取りました。

そこに書かれていた言葉を、私は今夜、あなたに贈りましょう。彼女は、私がこの作品の中に、彼女の言葉を書き写すことを快諾してくれました。同じように悲しんでいる人のために、ほんの少しでも役に立てるなら、うれしいと言って。

このメールを読んで、私がどう思ったかについては、書きません。

ただ、この生成りの言葉をあなたにそっと差し出しましょう。

言葉には、沈黙を超える力もあるのですから。

＊

世の中で一番起きてほしくないことが、本当に起きてしまった、しかもこんなに早くに。ということが私の感想です。いまだにびっくりするような気持ちになることもありますが、それでも何とかしっかりと生きています。そして、まだまだつらい気持ちはありますが、それでも、こんなに早く別れることになってしまったけれど、夫に会える人生でよかったな、と思っています。孤独にも慣れるものだなと思います。夫に会えて、これでようやく幼いころから抱いていた漠然とした孤独感から解放された、と思っていましたが、結局、人間は生涯、孤独なのだな、二十年弱でも孤独でない時期があったのはしあわせだったのだな、と思っています。

夫は私にとっては本当に自分の皮膚のようで、骨や筋肉、血液のような存在でありましたが、この世からいなくなったあとは、私の魂と「同化」してほしいと思っています。「自分の中に彼が存在する」というような気持ちで、残りの人生を生きていきたいのです。

最初は苦しくてそれどころではありませんでしたが、今は本当に少しずつですが「一体化」してくれているのではないかと思っています。これから私が見るものはすべて彼も見ることができ、感じることも、食べるものも、すべて私が経験できることは彼も経験できるのだ、というような気持ちでしか、前に進めない、とある日、思ったのです。

そうしたら、少し目が開きました。

そして、何十年か後に、私の命が尽きるときには、あの世の入り口の手前で、彼が私からふわっと出てきて、扉を開けてだきしめてくれるといいな～と夢想しています。

今でも、毎週一回以上は涙が出ます。毎日泣いていた日々に比べると夢のようですが。それでも、少しずつ少しずつ夫の存在を自分の中に内包しながら、日々を送りたいと思っています。「私が幸せだと感じられるようになったら彼も幸せ」だと信じて、進んでいきます。

九月三十日で、まる二年です。

一年前は、まだまだ心の中に嵐が吹き荒れていたかと思います。「一年の区切り」を期待していたのに、まったく楽にならなくてつらかったのを覚えています。比べると今は本当に落ち着きました。時間も偉大です。

もっともっと、夫のためにも、幸せを感じられるようになりながら生きていきたいと思っています。すこしでも「夫と一緒に」幸せになっていたいと思います！

土曜日の朝も、夢に出てきてくれました。亡くなってから六十四回目です。夢に出てきてくれた時だけ付けている日記があるのです。今でも、夫と共に生きているのだな、と思います。大切な人は、たとえこの世からいなくなっても永遠に、「失う」ことはないのだと思っています。

アティーシャのお茶汲み

二年ほど前の日本帰国中、働く女性たちとの対話を中心にした、トークイベントに参加しました。集まってくれたのは、二十代から六十代くらいまでの女性たち、三十人くらいだったかな。職種はさまざまで、会社で働いている人もいれば、フリーランスで働いている人もいたし、転職を考えているという人もいれば、出産・育児休暇中の人もいました。うしろの方の席には、ごく少数でしたけれど、働く男性の姿も。

主催者からこのイベントへの参加の依頼をいただいたとき、私はまず「働く女性たち」と、参加者の性別を限定してしまうことに疑問を抱きました。

なぜ、働く人たち、ではいけないのですか?

なぜ「女性たち」なの?

なぜこんな問いかけをしたのかというと、アメリカ生活の長くなってきた私にとっては「働く女性たち」という言葉が不自然なものだと思えたから。ちなみに昨今のアメリカでは、女性が働くのは、空気のように当たり前。もちろん結婚後も出産後も。働いていない女性を探すのが難しいほど。だから、日本社会においてはまだ「社会に出て働かない生き方＝専業主婦」という選択肢があることを、私は忘れてしまっていたのです。

そんなわけで「僕も参加したいんだけど」と、遠慮がちに申し込んできた働く男性に対して、私は「ぜひどうぞ！」とお返事しておいて、主催者には「うしろの方でいいですから席を設けてあげて」とお願いした次第です。

当日は、働く男女が職場や家庭で日々、直面している問題や、仕事に関する悩みなどを打ち明け合い、意見交換をしたり、私の体験談を披露したりしながら、和気藹々としたムードの中で、会は進んでいきました。

特に印象に残っていることを思い出してみると、まず、仕事で悩んでいる人の多くは、仕事上の人間関係で悩んでいる、ということ。仕事の内容に不満がある人よりも、職場の上司、先輩、同僚などとの相性や関係がうまく行っていないために悩んでいる人が多かったなぁ。

「小手鞠さん、給料というのは、我慢料なのでしょうか？　私はこのまま我慢して、いやな人たちと毎日、顔を突き合わせながら、働かないといけないのでしょうか？」

そんな質問も飛び出しましたし、話の途中で泣き出してしまった人もいました。

「そんなにいやな職場なら、今すぐにでも辞めてしまいなさい。世の中に会社はごまんとあるでしょ？」

なんて、鼻息も荒く答えてしまった私です。

「会社の中では、お茶汲み、コピー取り、雑用は女性の仕事。家に帰ったら、ごはんを作って、そうじをして、洗濯をして、主婦としての仕事も待っている。既婚女性が働くって、本当にしんどい。こんな状態で子どもができたら、どうなるんだろうって思うし、出産・育児休暇のあとで仕事場に戻っても、前にしていたような仕事をさせてもらえるのかどうか、わからない」

そんな不安を漏らす人もいました。

これでは、私が日本の会社で働いていた八〇年代と、そんなに変わっていないのでは？

と、暗澹たる気持ちになってしまいました。

私が新卒で入った会社でも、朝のお茶汲み、昼のお茶汲み、午後三時のお茶汲みは、女性に与えられた「仕事」でした。その間《かん》、男性社員は新聞を読んだり、煙草を吸ったり、無駄話をしたり。「不公平だなぁ」と、疑問を感じながらも、私も二十代の頃にはせっせとお茶汲みをしていたのです。するしかない、とあきらめて。

その会社を、私は一年半ほどで辞めてしまいました。だって、世の中に会社はごまんとあると思ったし、いやなら辞めるしかないと思ったから。

辞めてしまえば、いやな人との関係は、断ち切ることができます。

でも、次の会社に入れば、またそこには別の、いやな人がいるかもしれません。

私の場合、次の会社でも男女不平等はまかり通っていたし、いやな人も少なからず、いました。そして、三度目の転職。もちろん、そこにも気の合わない人はいました。ふたたびの転職。何度くらい、くり返したでしょうか。三十代でフリーライターになったものの、フリーランスになったって、いやな人と組まなくてはならない仕事もあります。

人間関係の悩み。

何度、転職をくり返しても、このことから逃れられないのだと気づいたのは、五十代になってからでした。

仕事というのは、ひとりではできない。それは物書きであっても同じことです。アメリカに住んでいても、メールや電話で日本人との人間関係はつづくし、日本へ戻れば、いやな人にも会わなくてはなりません（ええ、気の合わない人、今だって、いますよ！ ひとりじゃないです）。相思相愛、性格も人柄もよくて、相性抜群の人たちとだけ、気持ちよく仕事をしていく、なんてこと、所詮、不可能な話です。たとえ、いやな人であっても、その人と組んでする「仕事が好き」なら、するしかないではありませんか。私には書きたい作品があるのです。たとえ気の合わない人と組まなくてはならなくても、です。

つい最近も、ある仕事関係者から送られてきたメールに、心を傷つけられたばかりです。悪意はないのだ、とわかっています。悪意どころか、きっと、私のことをいろいろと思いやって、書いてくれた言葉なのだろう、と。でも、だめなのです。慇懃無礼で、押しつけがましいその人の口調を目にしただけで、ぐったりして気持ちが萎えてしまう。その日一日の仕事を、まず「傷を癒すこと」から始めなくてはならなくなる。これって相当、相性が悪いってことですよね？

さて、ここで気を取り直して――私は先に「人間関係の悩みから逃れられないと気づいたのは、五十代になってから」と書きました。

では、気づいた私は、どうしたのでしょう？

今はもう、悩んでいないのでしょうか？

今も気の合わない人がいるのに、大丈夫なの？

ここからは、それについて書いてみましょう。

傾向と対策の「対策編」です。

みなさんは、アティーシャというお坊さんをご存じですか？

九八二年にインドのベンガル地方で生まれ、インド北東部にあったナーランダ大学でさまざまな教養を学び、主にチベットで活躍した仏教僧です。彼が教えを受けた師は百五十人にも及び、二十八歳のときにはインド仏教の得度を受け「燃灯吉祥智」という法名を得ています。一〇五四年、七十二歳で亡くなるまで、亡くなったあとも、チベット仏教界に大きな影響を与えた人物とされています。

このアティーシャさんが布教活動の旅に出るときに、必ず連れていった召使いがいました。英語では「ティーボーイ」と記されていますので、おそらく、アティーシャのためにお茶を淹れて運ぶ仕事をしていたのでしょう。いわゆる、お茶汲みですね。

このお茶汲みの召使いは口が悪くて、素行も悪くて、なんの役にも立たない、いわゆるむかつく男だったみたいです。ところがアティーシャは好んで、この「むかつくお茶汲み」を伴って旅に出たといいます。

なぜでしょうか?

それは、自分をいらいらさせ、不愉快な気分にさせる人物を常にそばに置いておくことによって、自分の修行がより完璧なものになる、と考えたからだったのです。

もうおわかりですね?

あなたの会社に、もしもいやな人がいたら、仕事上、どうしてもそのいやな人と関係を持たなくてはならなくなったら、それは、自分を成長させる絶好のチャンスが巡ってきた、ということなのです。あなたは、むかつくお茶汲みに対してむしろ、感謝するべきなのかもしれません。

この話を私に教えてくれたのは、ほかならぬ私の夫です。

彼は一時期、チベット仏教に深い関心を抱いて、書物を読んで、熱心に勉強していました。ちょうどその頃、私は、あるいや～な人との人間関係に悩んでいたのです。

悩んでいる私に、彼は言いました。

「その人はきっと、アティーシャのお茶汲みだよ。きみの成長を促すために、つまり、満ち足りた人生を提供してくれるために、きみのもとへやってきたんだと思えばいい」

そんなこと、思えない！　思えるわけがない！

と、最初のうちは激しく反発していたのですけれど、冷静になって、自分とその人とのあいだに起こったことをふり返っているうちに「思えるかもしれない」と、思えるようになってきました。

そう、その人は、私のアティーシャのお茶汲み。

いろいろと癪にさわる、不愉快な人ではあるけれど、彼と私には共通の目的があり、共通の到達点がある。それは、いっしょにひとつの仕事をやり遂げること。いっしょにいい作品を創り上げること（アティーシャの布教活動がこれに当たりますね）。

そうであるならば、少々のことには目をつぶって、いやな人といっしょに仕事をすることで私は成長できるし、仕事も完成させられる。むしろ、彼のような人と仕事をしてこそ、私の人生は充実したものになるのかもしれない。感謝しなくてはと、思えるようにもなってきたのです。

いやな人に感謝、ですよ！　嘘みたいな本当の話です。

世の中には、いやな人はいるし、相性のよくない人もいるけれど、それでも私は、その人たちと気持ちよく仕事をしていける。そういう自信を持つことができている。これって、私にとっては大きな達成感につながっています。

いやな人に会ったら、心の中でつぶやいてみて。

「この人は、私のアティーシャのお茶汲みなんだ」って。

今すぐにそう思えなくても、きっとそのうち、思えるようになってくるよ。

今夜、眠る前にもひとこと。

アティーシャのお茶汲みさん、おやすみなさい。

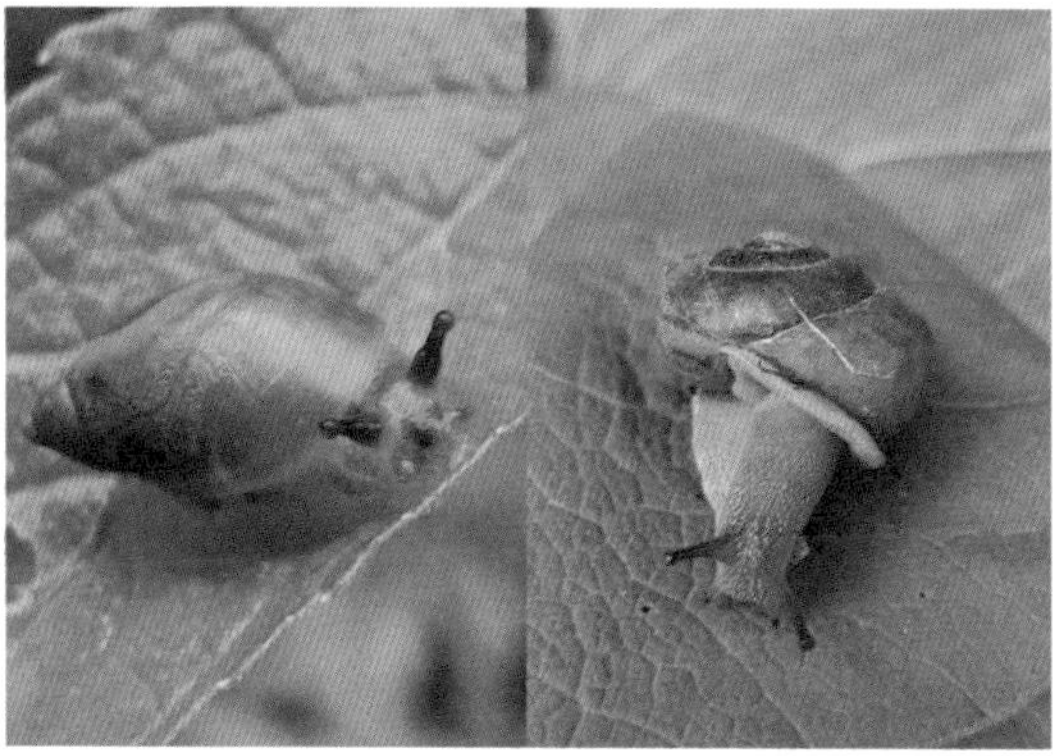

苦手な人に出会ったらとりあえず、頭と手足を引っ込めますか？
森で出会ったビッグな亀太くんと、かたつむりの小夏（右）と、
赤ん坊のココナツ（左）みたいに。

もしも友人から「不倫相談」を受けたら

【あらかじめお伝えしておきますが、私は恋愛小説も、恋愛ドラマも好きな四十歳です。もちろん、不倫ものも。叶わない恋と思えば切ないし、ハラハラするし、先生の『私たちの望むものは』のファンでもあります。でも、それは小説や、ドラマだからいいんですよね？　先日、学生時代からの友人（既婚）と久しぶりにお茶をすることになって、最初のうちはとても楽しかったのですが、後半はずっと彼女ののろけ話。ところが相手も既婚者で、「奥さんが気の強いひとで、家に帰ってもまったく癒されないらしい」だとか「もっと早く出会えていれば」だとか「だけど彼は私の幸せを一番に願ってくれている」だとか！　そして挙げ句の果ては「紙切れ一枚の結婚には意味がない」だとか「私は結婚という形にはこだわらない」ですって！　あきれて何も言い返せませんでした。不倫は不法行為です！　私も既婚者だからでしょうか、あれから思い出すたびにむかむか、もやもやしています。彼女に、何と言ってあげれば目が覚めるでしょうか？】

お手紙を読んで、本当にいろいろなことを考えました。

さまざまなテーマを私に投げかけて下さっている、貴重なお手紙。

お返事の書き甲斐のある、身の詰まったお手紙。

腕まくりをして、お返事を差し上げましょう。

ひとつずつ、順番に。

まず『私たちの望むものは』を読んで下さって、ありがとうございます。

この小説は、奥さんと子どものいる男性を、長きにわたって、海を隔てた場所から愛しつづけた独身女性のお話ですから、百パーセントの「不倫小説」と言えますね。

主人公は男から「十年待ってくれ」と言われ、その言葉を信じて（もしかしたら、信じていなかったのかも？）実際に、十年に近い歳月をひとりで待とうとしますけれど、それはあなたのおっしゃる通り、小説だから、これでいいのです！

もちろん、現実にそういう人がいたとしたら、それはそれでその人の決めた生き方なのだから、他人がとやかく言うことではないと思うし、もしも親しい友人なら、私はおそらく肯定してあげるだろうと思います。十年後に、男が本当に離婚して、晴れて彼女といっしょになれたなら、それはハッピーエンドの不倫だし、それ以降は不倫じゃなくなるわけですから。

私が好んで不倫小説を書くのは、これもあなたのおっしゃる通り、切なくて、はらはらできて、面白いからです。不倫は、書くのも、読むのも、面白い。はらはらするし、どきどきします。わくわくすることもあります。なんの障害もない、順風満帆な、幸せな恋愛小説を書いたって、退屈なだけです。もちろんそれを面白く書いて、面白く読ませる作家も大勢いますけれどね。

ロシアの文豪、トルストイが『アンナ・カレーニナ』の冒頭に「幸福な家庭はすべて似通っているけれど、不幸な家庭はどこもその趣が異なっている」というようなことを書いています。まさにこれ、ですよね？　つまり、幸福には匿名性があり、不幸には個性があり「顔」がある、ということでしょう。

思うに（これは、私自身のひそかな持論でもあるのです）世の中には、幸福な恋人たち、幸せな夫婦は、不幸な人たちよりも何倍も多いのではないでしょうか。幸福な人たちは「聞いて、聞いて、すごく幸せなの！」なんて、他人にべらべらしゃべらない。だから、目立たない。一方で、不幸な人たちは「聞いて、聞いて、悩みを聞いて」と、他人に不幸の種を打ち明けたがる。だから、目立つ。そういうことではないかなと、私は思っています。事実、あなたは友人から、不倫の打ち明け話を「のろけ」として、これでもか、これでもかと、聞かされたわけですよね。

ここから、お返事は佳境に入っていきます。テーマは、私の不倫観。

あなたのご友人はなぜ、久しぶりに会ったあなたに、のろけ話というか、自慢話というか、そんなもの（不愉快な話と言い切ってもいい）を披露したのでしょうか。

結論から先に書けば、彼女は今、とても不幸だからです。

自分にも夫がいながら、妻のいる人とつきあっている彼女は、とても不幸で、苦しくて、つらくて、毎日が悲しくて、空しくて、たまらないのです。そのことをあなたに打ち明けたのは、あなたが久しぶりに会った人で、しょっちゅう顔を合わせたり、常に身近にいる人ではないからです。

お手紙に挙げられていた彼女の言葉はどれも、私の耳には「悲痛な叫び声」あるいは「持って行き場のないうめき声」として、聞こえてきます。一見、のろけのように読めますけれど、それは、のろけの形を借りた、彼女の「苦悩の言葉」なのです。

そう思って、改めて読み返してみると、ますますそのように見えてきませんか?

これもまた、あなたのおっしゃる通り、不倫は不法行為です。してはいけないことを、彼女はしているわけです。

彼女自身、自分は「悪いことをしている」と、わかっているはずです。夫を裏切り（お子さんがいるなら、お子さんも裏切って）こそこそ隠れて、好きな人（一応、そう書いておきますね）に会いに行ったり、連絡を取ったり、連絡を待ったりしている――そんな生活が幸せであるはずはないし、楽しいはずもないし、彼と会っているときだって、心の百パーセントで満足できてはいないはずです。

ただ、自分が不幸であることをどうしても認めたくなくて、不幸である、悪いことをしているという事実から目を逸らしたまま、つかのまの逢瀬に陶酔しているのでしょう。

そして、悲しいからこそ、苦しいからこそ、彼女はあなたに「のろけ」として話すことによって、たとえいっときでも、救われたり、逃れたりしたかったのでしょう。

もしも彼女が本当に「紙切れ一枚の結婚には意味がない」「結婚という形にはこだわらない」と思っているのなら、あなたにそんなことを話す前にさっさと離婚して、思う存分、彼との時間を謳歌すればいいだけです。それができないのは、彼女には離婚する勇気もなく、また、そこまでして、その人といっしょになりたいとも思っていないから。

ここまで書いてきて、私はなんだか、あなたのお友だちがかわいそうになってきました。思わず知らず、同情してしまいます。

八方塞がりの状態にいるからこそ、あなたに話してみたのでしょう。

彼女はきっと、幸せな結婚生活を送っているあなたがうらやましくてたまらなかったのでしょう。彼女はあなたに嫉妬している。だからこそ、あなたにのろけたかったのですね。

「私はこんなに幸せなのよ」と、大きな不幸のかたまりを胸に抱えたまま。

彼女、かわいそうです！（笑）

不倫の恋というのは、人間のずるさを勉強する学校のようなものです。

「嘘つき学校」と、名づけてもいいかもしれません。

ずるくなければ、嘘を積み重ねなければ、やっていけない恋愛。

それが不倫の恋です。

それでも相手が好きだから踏み込んでいった、のではなくて、逃げ込んでいった、ということでしょう。彼女の場合、うまく行っていない結婚から逃れたくて、不倫に走っていった。しかし不倫は、そういう結婚が背景にあるからこそ成り立つ恋愛であるわけだから、もしも離婚してその人と恋愛をつづけたら、今度はその恋愛が「そこから逃れたいもの」になってしまうでしょう。

不倫とは、いたちごっこに他なりません。

しかし同時に、恋愛とは、障害があるからこそ、美しく、激しく燃え上がるもので、特に不倫の炎はその命が短いだけに、つまり行き着く先に別れがあるのは目に見えているだけに、燃え上がる熱の温度は高く、焼けつくように熱い。禁断の恋である不倫は、だから小説に書けば面白くなるのです。

では最後に「彼女に、何と言ってあげれば目が覚めるでしょうか？」に対する回答を書いてみます。

今度、彼女に会ったとき、こう尋ねてみて下さい。

「ところであなたは、今の自分が好きなの？　不倫相手のことがどんなに好きなのかは、よ～くわかったけど、あなたは、不倫をしている自分自身が好きなの？」

幸せな恋愛とは、相手のことはもちろん好きだけれど、それと同じくらい、いえ、それ以上に「相手を好きな自分が好き」な状態だと私は思っています。そう、相手じゃなくて自分を、好きでいられるかどうかが大きな鍵になっているのです。

不幸な恋愛とは、不幸な結婚とは、不幸な不倫とは、そういう状態にある自分が嫌いで、自分が許せないからこそ、不幸なのです。

もしも彼女から返ってきた答えが、

「うん、私は今の私が好きよ！　不倫をしている自分が好き！」

であったならば、あなたは彼女の幸せを心から喜び、祝福してあげて下さい。

他人の目にどう映ろうと、それが不法行為であろうと、なかろうと、彼女が「自分のしていることが好きで、自分が好き」と、完全に自己肯定できているのであれば、それはもう、他人がとやかく口出しすることではありません。

そして、もしも彼女から返ってきた答えが、

「好きなはずないでしょ。すごく嫌い」

であったならば、あなたはただひとこと、こう言ってあげましょう。

「一刻も早く卒業してね、不倫という名の嘘つき学校」

さんざん人間のずるさを勉強させられた学校です。卒業したあとにはきっと、彼女は今よりもっと賢く、もっと誠実に、もっと幸せになれることでしょう。

さあ、これで、あなたの「むかむか・もやもや」は消えたでしょうか?

すっきりした心で、ぐっすり眠って下さいね。彼女から本音のＳＯＳが送られてきたときに、しっかりと助けてあげられるように。

もしあの頃のふたりに戻れたら

【出会ったころのまま、とは行かないまでも、彼とはこれまで、大きな波もなく、おだやかな毎日を過ごしてきました。それはこれからもずっと続くものと私は思っていましたが、どうやら彼はちがったようです。気づけば、いつからか会話も減り、笑顔も少なく、一緒の部屋で眠ることもなくなりました。そして今日、彼が単身者用のマンションを検索しているることに気づいてしまいました。彼は家を出ていこうとしているのでしょうか。私以外、誰かほかにいるのでしょうか。それとも、彼は何か私に言えない悩み事を抱えているのでしょうか?】

いただいたお手紙を読んで、しばし、考え込みました（いい意味で、です）。

「彼」というのはすなわち「夫」のことでしょうか？　それとも、法律的な結婚はしていないけれど、長年いっしょに暮らしてきたパートナーでしょうか？

いいえ、実はそんなことは、どうでもいいのです。

結婚していようがいまいが、彼はあなたの大切な人、ということがまず何よりも重要。そして、あなたと彼はこれまで「おだやかな毎日」を過ごしてきたわけです。しかし「これからもずっと続くもの」と思っていた暮らしに、少しずつ亀裂が、あるいはすきま風が入ってきている。あなたはそのことに気づいて愕然と、あるいは呆然としている、そんな状態なのでしょう。

あなたと彼がいっしょに暮らしてきた年月は、どれくらいの長さだったのでしょうか？これは推察に過ぎませんけれど、出会ってから、少なくとも十年以上は経っているのではないでしょうか。とすれば、ふたりはだいたい四十代か五十代くらい？

彼が「単身者用のマンションを検索」していて、あなたは「誰かほかにいるの？」と思っている、ということからしても、七十代、八十代ではないような気がします（しかし、アメリカのカップルなら、ありかもしれません）。

私がしばし考え込んでしまったのは、あなたたちの年代が特定できなかったせいもあります。その一方で、二十代であっても、三十代であっても、六十代以上であっても、こういったことは起こりうるだろうな、とも思いました。

まったくの偶然に過ぎないのですけれど、ゆうべ、寝る前に読んでいた小説の中に、こんな文章が出てきたのです。一部を書き写してみますので、読んでみて下さい。

かつては違っていたはずだ。恋人同士であったころには。少しでも会話が途切れると、時間は膠着《こうちゃく》して動かなくなる。薄まっていく空気のなかで懸命に言葉を探したはずだ。時間は恋する者たちを脅かす。しかし一つ屋根の下に住み、寝食をともにする者たちのあいだでは、時間は安全なものになる。きっと彼らは時間にたいして鈍感になり、何も感じなくなっているのだろう。

それでも時間は無慈悲に、情け容赦なく過ぎていく。とどまるものはない。

二人の気持ちも相手のもとを過ぎていく。愛し合っているると思っているうちにも過ぎていく。そこに愛のような何かがあると思っていた場所は、いつのまにか倦怠《けんたい》や無関心に覆われ、ときに恨みや憎しみにかたちを変えることもある。

『世界が僕らを嫌っても』（片山恭一著　河出書房新社）より

いかがですか？　何か感じるところがありますか？

あなたからいただいたお手紙を、小説家が小説の言葉で小説に書いたなら、きっとこんなふうになるのではないかと、私には思えたのです。

つまり、あなたが彼に対して感じている不安や疑念は、きわめて普遍的なものなのではないかと。誰もが一度ならず何度も、感じていることなのではないかと。

さて、ここからは、しっかりと考え込んだ私からあなたへ、お返事を書きます。

それでも、あきらめてはいけない。

あなたと彼は、時計を巻き戻すことができる。

あなたと彼は、最初からやり直すことができる。

あなたが彼に対して、今も愛情を抱いていて、今の暮らしをつづけていきたいと願っているのであれば、そして、彼も同じ考えを抱いているならば。

これが私からあなたに贈りたい結論です。

結論を先に述べておいてから、説明に移ります。

まず、愛情とは何か。それは一見、普遍的かつ不変的なもののように思えますけれど、片山さんも書いているように、時間の流れの中で変容していくものです。

愛情だけではありません。友情も、同情も、恋心も、好きという気持ちも、嫌いという気持ちも、言ってしまえば、人の感情とはすべて、刻一刻と変化しているもので、長い時間の中でのゆるやかな変化もあれば、きょう思っていたことがあしたは違う、五分前と今の感情は異なっている、というふうに、短い時間の中でもころころ変わるものなのです。

それを「愛は永遠」などと思うから、要らぬ誤解や悩みが発生します。

彼の心が変化するのも、あなたの心が変化するのも、ごく当たり前の現象。

まずはこのことを認識して下さい。

ここからは、あなたではなくて、彼の心変わりを想定して、話を進めます。

彼はあなたと話しているとき、笑顔になれなくなっている。別々の部屋で寝るようになっている。単身者向けのマンションを検索している。

これはもう、彼の愛情が冷めかけている、としか言いようがありません。カップルの生活も、結婚生活も、どちらか片方が「もうだめだ」と思ったら、それはだめなのです。片方が終わりだと思えば、終わりなのです。彼が「別れたい」と言ったら、あなたはそれを受け止めるしかありません。しかし、受け止めるためにはまず、確認しなくてはなりませんね。

あなたはまだ、何も確認していません。想像（邪推かもしれない？）だけを膨らませて、みずから疑心暗鬼を深めてしまっています。

思い切って、彼に切り出してみて下さい。

「話があるの」

「訊きたいことがあるの」

「なぜ、単身者用のマンションを探しているの？」

口頭で言い出しづらければ、メールでもラインでもいいと思います。もちろん手書きの手紙でもいいですね。

とにかく、彼に直接、確認を取ることしか、今のあなたにできることはありませんし、するべきことも、それしかありません。

確認をすることで、質問することによって、壊れてしまう関係であれば、それはもう、今の時点で壊れてしまっているわけですから、別れるしかありません。

冷たい言い方のように聞こえるかもしれませんけれど、壊れた関係を無理矢理つづけていくよりも、いったん別れてしまって、まとまった時間を置いて、その期間に、やり直せそうかどうか、お互いに頭を冷やしながら考えてみたらいいのではないでしょうか。つまり、逆の意味で、時間を味方に付けるわけです。

時間によって損なわれてしまった関係を、時間によって、修復する。

こういうことも大いに可能なのではないかと、私は思っています。

最後に、私の、夫に対する愛情の変化を大雑把にふり返ってみましょうか。

知り合ったばかりの二十代は、無我夢中で、好きでした。もう私には彼しかいないと、猪突猛進の感情で、突っ走っていました。

三十代。私の仕事がうまく行っていなかったせいで、しょっちゅう、ぎくしゃくしていました。言い争い、夫婦喧嘩、別れ話、なんでもありの時代です。仲裁役の猫がいてくれなかったら、離婚していたと思います。

四十代。仕事がうまく行き始めて、夫婦の関係は少し安定しました。私自身が仕事に集中していたことで、ささいな夫婦の危機は自然消滅。

五十代。経済的な安定を得て、愛情が深まってきました。雨降って愛固まる。

六十代。さらに、ますます、どんどん、深まってきています。愛は泉のごとく湧く。

二十代の頃に感じていた激しい思いは「激情」であり「衝動」ではあったけれど、あれは「愛情」ではなかったなぁ、と、今の私はしみじみと分析しています。

愛情とは、時の流れの中で変わっていくもの。でもそれは、悪い方へ、ばかりではなくて、いい方へ、いい方へと、変わっていくこともあります。

片山さんの言葉を借りれば「そこに愛のような何かがあると思っていた場所は、いつのまにか倦怠や無関心に覆われ、ときに恨みや憎しみにかたちを変えることもある」――のだけれど、時には、さらに深い、さらに素晴らしい、さらに美しい愛情に形を変えることもあるのです。心もとない保証かもしれません。でも、この私が保証します。
もしもあの頃のふたりに戻れたら、私はあのふたりに教えてあげたい。
四十年後には、もっともっと素敵なふたりになれているんだよって。
六十代と五十代のカップルなのに、まだラブラブなんだよって。
そんな愛情を、あなたも経験してみたくないですか?
今、別々の部屋にいる彼の、お部屋のドアをそっと、ノックしてみて下さい。
案外、彼はそれを待っているのかもしれません。
楽観的過ぎるでしょうか?
でも、まず、やってみなければ。
ノックして、彼が部屋から顔を出したら、試しにこう言ってみて下さい。
ふと、あなたの笑顔が見たくなったの。
ねえ、いっしょに、あの頃のふたりに戻ってみない?

EMPIRE STATE

友だちは、少なくていい

生まれ故郷の岡山から京都へ出ていったのは、十八歳のときです。それ以来、今日まで、郷里の実家で暮らしたことはないし、これから先もないでしょうから、私が母といっしょに暮らしたのは、わずか十八年ということになります。

短い年月ではありますけれど、赤ん坊だった私が大学生になるまでの日々をすぐそばで見ていた人です。愛情をかけて、厳しく、育ててくれた人。読書家で、勉強家で、将来は小説家になりたいと思っていたのに、目が見えなくなって、夢をあきらめた人。そんな母に、私は苦労や心配ばかりをかけてきた、親不孝な娘でした。

母からはしょっちゅう、こう言われていました。

「おまえは十八歳で、ぷいと家出をしてしまったようなものじゃ」

反抗的な娘でした。そうして、感情的で泣き虫で、どうしようもなく弱い私は、毒舌家でもある母の言葉に傷つけられて、何度、泣かされたことでしょう。帰省するたびに喧嘩をして、母の言うことなど聞くものか、もう二度と帰ってくるものか、と、何度、叩きつけるようにして実家の玄関のドアを閉めたことでしょう。

若かった頃はとにかく煙たくて、できるだけ遠ざかっていたい、口うるさい母であったはずなのに、このごろでは、母の言葉を思い出しては「ああ、彼女はいいことを言っていたなぁ」「まったく母の言う通りだった」と、しみじみすることが多くなりました。

いくつかある母の名言のひとつがこれです。

「友だちは、多いよりも少ない方がええ。友だちは、好きで、尊敬できて、心の底から信頼できる人がひとりかふたりおれば、それでええんよ」

友だちは多い方がいいに決まってるじゃないの！　と、二十代、三十代、四十代くらいまで、私は大いに反発していたに違いありません。けれども六十五年あまり、生きてきて、やっと、この言葉は真実であったと悟るに至っています。

友だちの数など、どうでもいいのです。大好きで、心の底から尊敬できて、ああ、あの人と友だちでいられるだけで幸せだと、心の底からそう思える人が、たとえ数は少なくても、いてくれたら。

そんな人があなたにはいますか？　私には、います。

けれども、矛盾していると承知しながら書くと、その人のことを「友だち」と呼んでいいのかどうか、私にはわかりません。彼女が私を友だちと呼んでくれても、私にはそう呼ぶことができない。もったいなくて。有り難くて。奇跡のようで。

彼女の存在を知ったのは、一九七八年（昭和五十三年）に刊行された『知的悪女のすすめ』でした。この本を買って、むさぼり読んだ私は二十二歳。大学を卒業して、京都にあった美術系の出版社で働き始めたばかりの社会人一年生です。

大学を卒業したら、結婚（永久就職と呼ばれていました）するか、腰掛け的に就職するか（つまり、結婚が決まったらすぐに仕事を辞めるわけです）の二者択一で、女子大学生たちが悩んでいた時代です。中学生の頃から、小説家になりたいとあこがれてはいたものの、あこがれはあこがれに過ぎなくて、あこがれを目標に変える道を探すことすらできないまま、ひたすら、もがいていた私にとって、彼女は今をときめくスターであり、雲の上の、そのまた上にいるような人に見えていました。

そして三十六歳のとき、私は日本に見切りをつけて渡米。翌年に辛くも文芸誌の新人賞を受賞したものの、それ以降、十年以上の長きにわたって、小説家として、箸にも棒にもかからない状態でありつづけていました。書いても書いても作品は没になるばかりで、本も出せず、新人賞を取っても、人は小説家にはなれないのだと思い知らされる日々。私は、次々に世に送り出される彼女の作品を、やはり、むさぼるように読んでいました。『恋』『欲望』『蜜月』『水の翼』『冬の伽藍』『薔薇船』『ノスタルジア』『月狂ひ』――もともと雲の上であった人は、以前よりももっと遥かに、もっと高みにいる、遠い人であるように思えていました。

事実、その通りであったのです。しかし、運命というのは実に不思議なもので、神様は私を、遠い人であった彼女に、会わせてくれます。

忘れもしません、二〇〇四年（平成十六年）のことでした。私は四十八歳。もう小説家になる夢はあきらめた方がいいだろうと、自分に言い聞かせていましたけれど、なんとその年、足掛け九年をかけて書いた作品『欲しいのは、あなただけ』が島清恋愛文学賞をいただくことになり、彼女は三人の選考委員のひとりだった、つまり彼女は私の書いた作品を読んで、これは受賞作にふさわしいと判断して下さった——こんなことが起こっていいのでしょうか（今でもこれは奇跡だったと思っている私）。

編集者数人といっしょに、西新宿にあった小料理屋で受賞の知らせを受けたあと、選考会がおこなわれていた会場に、みんなで移動しました。そこで、私はついに、お目にかかることができたのです。二十二歳から四十八歳まで、あこがれの作家でありつづけたその人——小池真理子さんに。

巡り合い、という言葉があります。

ただの出会いとは違って、そこには何か、運命的なニュアンスが含まれているように感じられます。そう思って、辞書を引いてみたら、やっぱり！「巡り合う＝あれこれと遍歴した後で思いがけず出会う」と、出ているではありませんか。

二十二歳の「出会い」から、赤坂のホテルで小池さんに初めて会うまでの日々。会って初めて言葉を交わしてから、今日までの日々。ひとつづきにつながっている私の人生の時間と、そのときどきに、小池さんとのあいだに起こった出来事を思うと、ああ、これが巡り合いというものなんだな、と、そう思うのです。

巡り合いという言葉で結ばれている人。

それは、私の母の言った通り、生涯にひとりかふたりでじゅうぶんなのです。

若い人たちからよく「どうやったら運命の人に出会えますか?」「新しい出会いを求めているのですが、なかなか得られません」などと相談を持ちかけられます。

私の答えはこうです。

方法なんて、ありません。出会いは、求めても、得られるものではありません。大切な人は、運命の人は、いつだって、あなたのすぐそばにいます。そのことに、あなたがいつ気づくか。気づけるかどうか。気づいた日が「巡り合い」の始まりなのです。

小池さんと交わした会話や、書き交わしたメールを思い出すとき、それらの数は決して多くはないのに、いっしょに過ごした時間だって、決して長いとは言えないのに、ふたりのあいだで話された言葉、書かれた言葉には、それぞれの人生の重みや軽みや悲しみや喜びがしっかりと染み通っていて、そうしてそれらは小池さんのお人柄そのままに、美しくて、強い。

そう、小池真理子さんとは私にとって「美しくて強い人」に他なりません。

可愛がっていた猫が余命幾ばくもないと私から知らされたとき、何本もの連載を抱えて、そんな時間など到底ないはずなのに「私は作家だから、たったひとりのためであっても、あなたのために文章を書きます」と、ご自身の愛猫の喪失の経験を、まるで掌編小説のようなメールで語って下さった小池さん。私の著書に、ときどき生年が載っていないことがあり、それを見つけたときには「あなたは女優やモデルではなくて作家なんだから、自分の生年は、きちんと載せなくてはだめよ」と、叱って下さった小池さん。最愛の伴侶であり、小池さんと同じ直木賞受賞作家である藤田宜永さんを亡くされたとき「どうしてすぐにメールをくれなかったの？　待っていたのよ」と、先に連絡を下さった小池さん。あまりにも大きな出来事だったから、私は、私からどんな言葉を贈ればいいのかわからなくて、何も書けないまま、ぐずぐずしていたのです。

出会ってから今まで、新刊が出ると必ず（一冊の例外もなく）わざわざアメリカまで送って下さる小池さん。いつも「かおり様」と、私の実名の呼びかけから始まる、小池さんのメール。私が「真理子さま」と書けるようになったのは、ここ一、二年のことです。それまでは、書けませんでした。もったいなくて。有り難くて。奇跡のようで。

その気持ちは、今も変わりません。今、この瞬間も。

私の手もとに一冊の文庫本があります。二〇〇二年に刊行された『贅肉』という短編集（短篇セレクション　サイコ・サスペンス篇Ⅱ　集英社文庫）です。解説を藤田宜永さんが書いておられます。その一部を紹介します。

小池真理子という作家は、確かな文章を書く作家だと思う。彼女に才能があったことは当然だろうが、文学少女だったことが、文章を書く上に、結果的にプラスに働いているような気がする。子供の頃の素直な読書は、自然に文章の足腰を鍛えるものである。

彼女の小説には、凝った比喩《ひゆ》、気を衒《てら》った表現、アフォリズムといったものは極めて少ない。淡々と平明な文章で情景を綴《つづ》ってゆく。

〈中略〉

確実で安定した文章で、彼女は異様な世界を描こうとする。だが、それらの異様で美しく、時として残酷な物語は、彼女の体験から生み出されたものではない。健全な精神の持ち主である文学少女が、手にした本の中に描かれた絢爛《けんらん》豪華な絵巻物を、我がことのように感じ、その世界を生きているのと同じ感覚で、健全な作家、小池真理子は、それらの話を紡ぎだしているのである。

亡くなる数年前に、藤田さんは「いっしょにウッドストックへ行こうか」と、小池さんを誘って下さっていたのだそうです。出不精で、旅行はそれほどお好きではないという藤田さんが珍しく、そう言って下さっていた。ご夫婦が日本から、私たち夫婦に会いに、この森の家に来て下さる日は、夢ではなくて現実として、存在していたのです。

それをひょいっと、上から取り上げてしまった神様を私は恨みます。大いに恨みますけれど、それでもこの奇跡のような巡り合いを与えてくれた神様に、感謝しないではいられません。とっても複雑な気持ちです。

あなたには、大切な友だちがいますか？

この人が友だちでいてくれるなら、それだけで幸せ。あの人がいてくれると思うだけで、人生に明かりが灯る――そんな大切な人の笑顔を思い浮かべながら、今夜もぐっすりおやすみなさい。

夢の中で、あなたがその人に会えますように。

そうして「まだ巡り合えていないの」と言うあなたには、こんな言葉を贈りましょう。だいじょうぶ、巡り合いのときは、必ずやってきます。「ああ、この人がそうだったのか」と、気づくときが必ず――そんな日を夢見て、今夜もぐっすりおやすみなさい。

もしかしたら、夢の中であなたは、はっと気づくかもしれません。「ああ、あの人がそうだったんだ」と。

『美しい心臓』

「デモーニッシュ（ドイツ語）なんて言葉を使えるのは、小池真理子さんだけだね」と、編集者は言った。小池さんは「この作品で大きな賞が取れるといいね」と。結果的には取れなかったけれど、受賞と同じくらい嬉しい言葉だった。

『欲しいのは、あなただけ』

この作品を書いたから、小池真理子さんに会えた。書かなかったら、会えなかった。没にされても、虚仮《こけ》にされても、あきらめないで書き直しつづけて、よかった。主人公のかもめちゃんに感謝している。

『猫の形をした幸福』

猫の最期の日々を目の当たりにして、たくさんいたはずだった友人には誰ひとり、苦しみや悲しみを打ち明けられる人がいないのだと覚《さと》った。そして、小池さんにメールを送った。間髪を容れず届いたお返事を読んで、泣いた。

『時を刻む砂の最後のひとつぶ』

「オール讀物」で連載していた短編を「かおりさんの書いたものは、雑誌を処分する前に、そのページだけ切り取って保存してあるのよ」。お言葉に甘えて、帯に推薦文をいただいた。読み返すたびに嬉しくて、うっとりする。

アメリカン・ロビンの教え

許さなくていい

森の小鳥に興味を持つようになったのは、十数年ほど前からです。

それまでは、小鳥の姿を見かけたり、さえずりを耳にしたりしても、

「ああ、鳥が鳴いてる」

「ああ、鳥が飛んでる」

と、思うだけでした。

いいえ、何も思わないこともあったと思います。

そんな私が今では、小鳥を見かけるたびに、

「ああ、あれはダークアイド・ジュンコのおす。なんてきれいな尾羽なんだろう」

「ああ、今年もゴールド・フィンチが渡ってきた。なんてきれいな黄色なんだろう」

「ああ、フィービーがまた巣を作った。今年は子育てがうまく行きますように」と、どきどきしたり、はらはらしたり、わくわくしたりして、まるで小鳥博士さながらにその生態や特徴に詳しくなったのは、十数年前の春、うちの玄関先に、アメリカン・ロビン（以後、ロビンと記します）が巣を作って、ターコイズブルーの美しい卵を産み、抱卵して、卵を孵し、餌やりをして、ひな鳥たちを無事、育て上げ、巣立ちをさせる――その一部始終を目の当たりにしたことがきっかけでした。

単純な表現で申し訳ないのですけれど、あれは本当に素晴らしい体験でした。

素晴らしいとしか、言いようがありません。

だって、何もかもが素晴らしかったのですから！

ロビン夫婦の仲睦まじさ、一心同体となって励む子育ても素晴らしければ、ひな鳥たちの健気さ、たくましさも素晴らしい。

孵ったばかりのときには、ただの小さな毛のかたまりがほよほよしているだけだったのに、まっ赤な口をあけ、首を伸ばして「ピーピー」と餌をねだり、我先にと親鳥から餌をもらいながら、みるみるうちに大きくなっていくひな鳥たちのようすを観察しながら「こんな可愛らしい生き物がこの世にはいたのか」と、毎日が感動の連続。

今まで、知らないで損した。小鳥の生活、小鳥の性格、小鳥の生き方、小鳥の種類、小鳥の食べ物。あれも知りたい、これも知りたい。たちまち、我が家の本棚には、小鳥図鑑や小鳥に関する本が並びました。

二羽のロビンが私の世界を広げてくれたのです。

さて、子育てのクライマックスは、巣立ちの瞬間です。

長男か長女かわかりませんけれど、一個目の卵から孵ったひながいちばん大きくなっていて、まずその子が巣から飛び立っていくと、つづけて、二番手、三番手、四番手と、順に家を出ていきます。

最後まで巣に残っているのは、いちばん最後に卵から孵った末っ子のひな鳥。この子はまだ羽ばたきもおぼつかないのに、それでも、きょうだいたちのあとを追うようにして、果敢に飛び立ちます。

親鳥は、全員が巣立つのを見届けたあと、うまく飛べないままでいる四番手、五番手を警護するかのように、あるいは、飛び方を教えるかのように、その子たちの近くを飛び回っていました。

こうして、ひな鳥も親鳥も去っていったあとに残されているのは、空になった巣。「空の巣症候群」とは、実に言い得て妙な言葉で、私の心にもぽっかりと穴があいています。巣立ちを祝い、喜んでいる反面、毎日、朝から晩まで見守っていた子たちが消えてしまうと、寂しいのですね。

寂しくてたまらない。

胸がすぅすぅしています。

我が子の子育てを終えた親の気持ちというのは、こういうものなのでしょうか。

ここからは、駆け足になります（詳しく書くと、胸が痛くなってくる）。

ある年のことでした。

その年、裏庭の木の枝と枝のあいだに巣を作ったロビンたちは、卵を孵して《かえ》ほどなく、やっと羽らしきものが形になり始めた、生後一週間にも満たないひなたちを、目の前で、つぎつぎに、赤りすに盗られ、むしゃむしゃ食べられてしまったのです。

私もその現場を見ました。かわいそうでした。残酷でもありました。しかし、赤りすには、赤りすの暮らしがあり、生態系があり、赤りすもまた、ロビンと同じように森で子育てをしているわけです。

ロビンはその年、天敵から、ひなを守れなかった。

ロビン夫婦は、そんな自分たちを責めていたのでしょうか。

責めているようには、見えませんでした。反省しているようにも、後悔しているようにも、悲しんでいるようにも、見えなかった（多少、がっかりしているようには見えました）。なぜなら、二羽のひなを持っていかれたあと、ロビン夫婦は残りのひなたちと巣を放棄して、その場から飛び去っていったからです。つまり、ロビンにとっては、まだ生きているひなよりも、自分の命を守るのが先決であった、ということでしょう。

郷里の岡山にある岡山大学で、隔年、夏期講座「小説の書き方」の講師を務めています。今年（二〇二一年）も依頼をいただきましたけれど、不透明なコロナ事情をにらんで、残念ながら辞退しました。

過去の受講生の中には小説家志望の学生が多く、文芸誌の新人賞に何度か応募したことのある人や、ネットサイトで小説を発表している人もいます。

そんな学生のひとりから、最近、届いたメールに、こんなことが書かれていました。要約すると「新人賞に応募するために短編小説を書いた。一次審査に残ることもなかったが、その作品を書き直して、長編小説に仕上げて、別の文芸誌に送りたいと思っている。ついては、この短編小説を読んで、アドバイスをしてもらえないだろうか？」とのこと。

もちろん、喜んで。と、返事を書きました。夏期講座の終了時に「もしも将来、小説を書き上げて、私に読んで欲しいと思うなら、いつでも送ってきていいです。私なりの感想や意見を述べることができます」と、学生たちには話しています。それで、彼女も私に、作品を送ってきたのです。

彼女は「この作品のテーマは『自分を許すこと』です」と、書いていました。

その一文を読んだとき「このテーマでは新人賞は取れないだろう」と、直感でそう思いました。作品を読み終えたときにも、同じことを思ったのです。「この作品では新人賞は取れない。長編に書き直すなら、テーマを百八十度、変えなくてはならない」と。

ストレートに、返事を書きました。

こんな内容です。

「あなたはまだ二十代。そんなに簡単に自分を許さなくていい。自分を許すのではなくて、むしろ、自分を許さない、というテーマで書くといい。自分を許す短編を書いたのだから、次は、自分を許さない長編を書いてみなさい」

今、世の中では「自分を許す」は、ある種のブームになっているのではないでしょうか。もちろん、自分を許す、ということは、とても大切なことだと私は思っています。私も長年、不毛な自己嫌悪、不要な劣等感から解放されたくて、もがいてきました。

けれども、その「もがき」や「葛藤」や「ストラグル」が生きていく力になり、自分に対する「くやしさ」「腹立たしさ」「情けなさ」が仕事に対する情熱に変わってきたのも、事実です。つまり、自分を許さないことで、前に向かって進んでいく力、負けるもんかというガッツを持つことができた――このことを、私は彼女に伝えたかったのです。

そんなに簡単に自分を許さなくていい。

そんなに簡単に自分を許せるはずもない。

それよりもまず、責めない、という小さなところから始めたらどうでしょうか？

そう、ロビンと同じように。

天敵にやられてしまった。第一次審査に落ちてしまった。許せない。でも、自分を責めない。精一杯がんばった。思ったような結果が出なかった。許せない。でも、自分を責めない。

ロビンにも、あなたにも、来年があります。新たなチャンスがあります。何度でもチャレンジして、がんばったらいい。許せないというネガティブな思いを「がんばろう」というポジティブな力に変えていくのです。

そうすれば、あなたは「がんばっている自分が好き」と、きっと思えるでしょう。

許せない、でも責めない、次回はがんばる、そんな自分が好き。

二十代から、五十代くらいまで、この流れに乗ってやっていくといい。そうすれば、六十代くらいになったときには、まるで魔法にかかったように、あなたは最初から「たとえ失敗しても、うまく行かなくても、自分を許せる」ようになっていることでしょう。

今夜もあなたに、おやすみ前の一編の詩を贈ります。

もっとどんどん

対人関係の悩みも
仕事上の困難も
その大半は
自分を許せないことから生まれる
自分を許すことは難しい
おそらく他人を許すことよりも
たとえば失恋の苦しみは
あんな人を好きだった自分を
許せないという感情から生まれる

自分を許すためにも
他人を許してあげようよ

もっとどんどん
許してあげようよ
そうすればあなたはそのうち
自分を許せるようになるよ
他人を許せる自分が好きって
思えるようになるよ
だめなところはいっぱいあるけど
あんな人を好きになってしまったけど
それでもこんな自分でいいんだよって
思えるようになるよ
もっとどんどん

あなたにつながる記憶のすべて

このタイトル、何を隠しましょう、私の書いた作品集のタイトルなのです。

二〇一三年九月に出版されています。

大して売れもしなかったし、話題にもなりませんでした。後悔も反省もしていません。それどころか、自著の中ではかなり気に入っている一冊です。小説のようなエッセイ、あるいは、エッセイのような小説、あるいは、実験小説とでも言えばいいのか、実にユニークな一冊になっているのではないかと、自分では思っています。

そういえばたったひとりだけ「僕はこれまで、この人の作品を一冊も読んだことがなかったけれど、この作品集はよかった。特に、作者のおばあさんについて書かれた一作は琴線に触れた」というような書評（正確な引用ではありません）を書いてくれた文芸評論家がいました。今、そのことを思い出しました。

合計十六編の短編小説。うち一作は掌編。

すべての作品に共通しているのは、私が過去に出会った人たちの中で、亡くなった人、消息のわからなくなった人について、私の記憶だけをもとにして、つまり、創作を交えずに書いている、という点です。

けれども、この作品集は、エッセイ集ではありません。

あくまでも小説。

少なくとも私は、そのつもりで書きました。私が「私」を主人公にして「亡くなったあなた」や「消えてしまったあなた」との出会いから別れまでを、記憶だけをたどりながら書いた「フィクション」を、私はどうしても書きたかった。おそらく私は、亡くなった人、かつて私の人生の中に色濃く存在していたのに、いなくなってしまった人を書くことによって、その人ともう一度、話をしたかったのだと思います。

登場人物は、若くして亡くなった友人だったり、同じ雑誌に詩を投稿していた詩人だったり、駆け出しのフリーライターだった私に初めての仕事を依頼してくれた、女性誌の編集者だったり、アウシュヴィッツを訪ねたあとで自殺してしまった、夫の従兄弟だったり、私の作品を愛読し、応援してくれていた読者の方だったり、親しくつきあっていたイラストレーターだったり、家の近くにあるコンサート会場で出会った人だったり。

そして、幼かった私を預かって、育ててくれた亡き祖母も出てきます。

そういうことからすれば、本作のテーマは「死」であるのかもしれません。

でも、私が書きたかったのは死ではなくて、あくまでも生。生の記憶。

亡くなった人たち、つまり死者を、今も私の記憶の中に存在し、生きつづけている人たちとして、生者として、不在を存在として、描きたかったということです。

眠れない夜に、私はよく、亡くなった人たちの記憶をたどりながら、過去のある一場面を心によみがえらせていることがあります。

みなさんにも、そんな経験、あるのではないでしょうか。

ああ、あのとき、あの人はこんなことを言っていた。

自分はそれに対して、こう答えたのだった。

と、亡くなった人の言葉を思い出したり、ふたりの会話を再現してみたり。もちろん、反省したり、後悔したりすることもあるでしょう。

ああ、あのとき、こう言っておけばよかった、と。

でも、反省や後悔を含めて、私は「亡くなった人との対話」が愛おしい。もう二度と会えない人たちだから、会いたくても会えない人たちが私の記憶の中に残してくれた言葉を大切にしたい。それらはいつだって、星のように、夜空で輝いているのです。私が忘れない限り、永遠に。

『あなたにつながる記憶のすべて』を上梓してから七年あまりが過ぎて、私には、まだ書いていない「あなた」が増えました。

あの人も、あの人も、亡くなってしまった。

そうして、死者と不在はこれからも、増えてゆくのでしょう。同時にその記憶も。

今夜、私が思い出しているのは、みなさんに語りたいのは、会ったことはないけれど、声を聞いたことはある、こんな人のこと。

名前をイアンさんといいます。

彼は、私の夫の父親の兄の息子です。年は夫よりも少し下。だから、生きていれば今は、五十代半ばになっているでしょう。

夫の話によると、イアンさんは、少年時代から飛行機が好きでたまらず「大きくなったら、パイロットになりたい」と、語っていたそうです。

成長したイアンさんは夢を実現させて、空軍のパイロットになりました。

恋人にプロポーズをするために、イアンさんはハワイのビーチに「Marry me」と、文字を刻んだあと、彼女を飛行機に乗せて飛び立ち、上空から、砂に刻んだプロポーズの言葉を見せた――というのは、夫の家族と親戚一同の中で、有名な語り草になっていました。

けれども、ひとり娘を授かったあと、奥さんは心の病にかかってしまい、ふたりは離婚します。離婚後も、娘とはいい関係を築いていたようです。

その後、空軍の仕事を務め上げたイアンさんは、リタイアし、民間の航空会社で飛行機運送の仕事に就いていました。

私がイアンさんの声を聞いたのは、ちょうどその頃のことです。

私はひとりで日本へ帰国して、西新宿にあるホテルに泊まっていました。その間《かん》、夫は父方の家族の行事に参加するためにシアトルに滞在し、そのあとで日本へ来て、私と合流することになっていたのです。ワシントン州シアトルには、夫の伯父、そして、イアンさんと、イアンさんのふたりの姉たち一家も住んでいます。

東京での待ち合わせの場所や時間を確認するための電話がかかってくるはずの夜。待てども、待てども、かかってきません。メールも入ってきません。

夫は、約束には几帳面な人なのに、おかしい。何かあったのだろうか。

あしたの夕方には東京で会うことになっているのに、どうしたんだろう?

心配で、心配で、たまりません。

何度もメールを送りました。けれど、返事がないので、こちらから電話をかけてみることにしました。当時はまだスマートフォンのない時代で、私たちは、海外（この場面では日本）で使える携帯電話を持っていなかったので、ホテルの固定電話から、シアトルの固定電話にかけなくてはなりません。

教わっていたのは、イアンさんの家の電話番号です。

時差を計算して、日本の真夜中に、かけてみました。ああ、夫の身に何かあったのだとしたら、どうすればいい？　胸騒ぎがして、心臓はどきどき、頭はくらくらしています。英語で上手く話せるだろうか、そんな不安もあります。

何回かの呼び出し音のあと、イアンさんと思しき人が電話に出てくれました。

イアンさんと話すのは、これが初めてです。私は必死で説明しました。

「初めまして、私は、あなたの従兄弟のグレンの妻です。今、東京に滞在していて、あしたの夕方、彼と待ち合わせています。その打ち合わせの電話を待っているのですが、なかなかかかってきません。夫のことで何か、あなたにわかっていることがあれば、教えてもらえませんか？」

夫の滞在先は、伯父さんの家、イアンさんの家、イアンさんのお姉さんたちの家のうち、どこかのはずです。

切羽詰まった私の話（しかも、文法も発音も間違いだらけの英語）にひと区切りがついたところで、イアンさんの声が聞こえてきました。

胸に染み入るような、優しい、あたたかい声でした。

「ああ、グレンはきょう、姉たちといっしょに、遠方の村まで登山に出かけていて、たぶん今ごろ、戻ってきたところだと思うよ。だから、電話をかけられなかったんだろう。かけたくても、あのあたりは電波も通じないだろう。僕から、電話をかけるよう伝えておくから、心配しなくていいよ。ところで今、そっちは何時なの？」

真夜中でした。午前一時か、二時か、だったと思います。

そのことを伝えると、イアンさんはこう言ったのです。

それまでの優しい口調とは打って変わって、いかにも元軍人、と言いたくなるような、ぴしっとした口調でした。

——今夜、あなたがやるべきことは、安心して、ぐっすり朝まで眠ることだ。

心細かったあの夜に聞いた、毅然としたこの言葉は、今も私の耳の奥にあざやかに残っています。

これがイアンさんにつながる記憶のすべて。

イアンさんはその後、新しい恋人と巡り合って、ふたたび結婚し、遠距離結婚ながらも幸せに暮らし始めてほどなく、癌に倒れて亡くなってしまいます。

それでも、私の心の中で、彼の声は生きつづけています。

イアンさん、ありがとう。おやすみなさい。

なんらかの理由があって、なかなか眠れない夜にはいつも、私はあなたの声と言葉を思い出しています。

毎年、季節が巡ってくると、必ず咲いてくれる山野草のような言葉です。

——Your job tonight is to stop worrying—and sleep well.

散歩のとちゅうで見つけた小さな図書館。
扉を開けば、
ウッドストックの森の四季の物語が始まります。

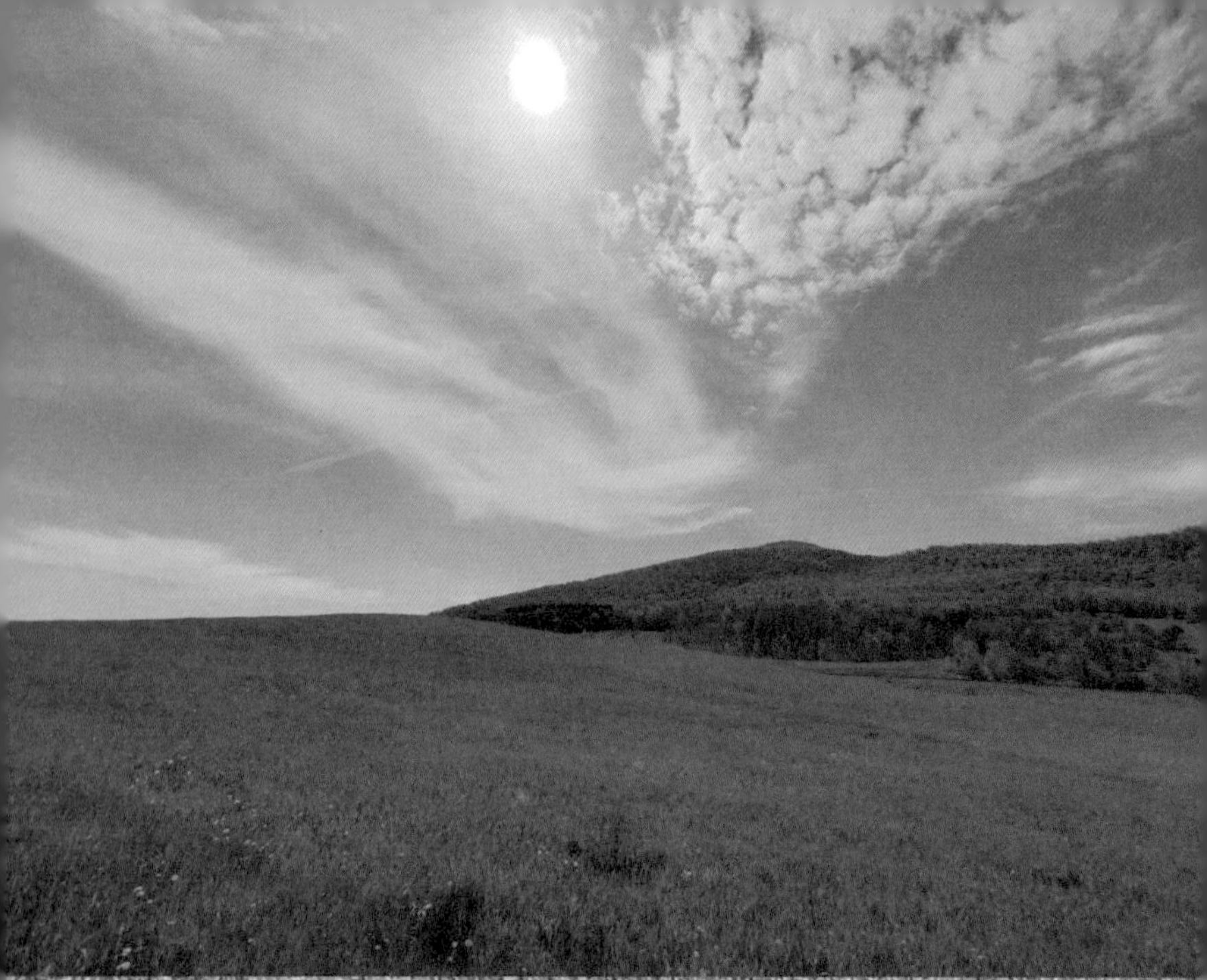

お坊さんの教え

特別な一日

あなたはコーヒー党ですか、それとも紅茶党？

私は緑茶党です。

毎朝、起き抜けに淹れる美しいグリーンティと共に、私の朝は始まります。

実は日本に住んでいた頃はコーヒー党だったのですけれど、なぜか、アメリカで暮らすようになってから日本茶のファンになってしまいました。

緑茶はやはり、日本産に限ります。日本へ帰国したときには、いろんなお店で緑茶を買い揃えて、旅行鞄の隙間にぎっしり詰め込んで持ち帰っています。それらが切れると、インターネットで注文して、日本から取り寄せます。

朝いちばんの緑茶は、仕事部屋の隣にあるグリーンルーム（と、名づけています）でいただきます。なぜ「グリーンルーム」なのかというと、南向きの、日当たりのいいその小部屋で、観葉植物をたくさん、育てているからです。

私は早起きなので、朝のティータイムはだいたい午前五時前後。マグカップ（風情がなくて申し訳ない！）にたっぷり淹れたグリーンティを片手に、緑がいっぱいのグリーンルームで何をするかというと――

ここで、お坊さんの登場です。

サイドテーブルの上に適当に積み上げてある本の中から、適当に一冊を抜き取り、ぱっとあけたページを読みます。これは再読。たまたま新しく買った本がある場合には、栞を挟んであるページを開いて、きのうのつづきを読み進めていきます。

そう、私は毎朝、必ず、五分か十分かそこら、お坊さんの書いたエッセイを読んでいるのです。どの本も、お経を唱えるように、くり返し、くり返し。

再読に再読を重ねている、適当に積み上げてある本の一部をご紹介しましょうか。あくまでも一部ですけれど。

『おだやかに、シンプルに生きる』――枡野俊明著

『比べず、とらわれず、生きる』――枡野俊明著
『美しく、心地よく、生きる』――枡野俊明著
『生きるのがラクになる「般若心経」31の知恵』――枡野俊明著
『心がフッと軽くなる　ブッダの瞑想』――アルボムッレ・スマナサーラ著
『くじけないこと』――アルボムッレ・スマナサーラ著
『くり返し読みたい　般若心経』――加藤朝胤監修
『もう、怒らない』――小池龍之介著
『ブッダにならう　苦しまない練習』――小池龍之介著
『「自分」から自由になる　沈黙入門』――小池龍之介著
『道元　正法眼蔵　わからないことがわかるということが悟り』――ひろさちや著

これでなんとなく、いえ、はっきりと、私の朝の愛読書の傾向をつかんでいただけたこと思います。不思議なことに、緑茶と同じで、私が般若心経や仏教や禅宗に関心を抱くようになったのは、アメリカで暮らすようになってから。なぜ、関心を抱くようになったのか。これについては、また別の機会に。やたらに長くなりそうだから。

さて、たとえばある朝、私はお坊さんからこんな教えを受けます。

孤独や孤立を怖がる人は、それに追いつかれないように後ろを気にしながら逃げます。その逃避行動が仲間と一緒にいるなどの行動につながるでしょう。

進んで仲間作りをする目的が、仲間といると楽しいからなのか、孤独から逃れるためなのかは、外からはなかなか判断できません。しかし、自分が仲間作りをする原動力が、純粋に楽しみを求める心なのか、孤独からの逃避行動力なのかは、知っておいたほうがいいと思うのです。その上で、孤独の正体を解きあかしてその利点を知って逃げなくてもいいとわかれば、後ろから迫ってくる孤独を気にせず、心おきなく仲間と楽しめます。

『ゆたかな孤独　「他人の目」に振り回されないコツ』（名取芳彦著　だいわ文庫）より

「なるほどなぁ」と、深くうなずいたあと、私は立ち上がって一階のキッチンへ降りていき、朝ごはんを作って食べます。朝食のメニューは、自家製のパンと三、四種類のフルーツ。たまに、卵料理を加えることもあります。

それから、仕事を始めます。小説、あるいは、エッセイなどの執筆（今、このエッセイを書いているのは、朝の七時五十分）。赤ペンを手にして、校正刷りを読む日もあります。集中力がつづく限り、書いたり、読んだりします。午前六時くらいから、九時か、九時半くらいまで。執筆の集中力がつづくのは、だいたい三時間くらいでしょうか。

そのあとは、ランニングに行くか、ランチを作るか、どちらか。我が家では、夫がランチの下ごしらえをして、私が最後の仕上げをする日が多いです。逆もあります。

ランチはふたりで作ります。けれど、食べる時間と場所はばらばら。ふたりとも自宅で仕事をしているので、互いの仕事のペースを守るために、好きな時間に、好きな場所で、食事をするようにしているのです。

午後は、ランニング（朝に行かなかった場合）か、散歩か、庭仕事など。ここで一度、家の外へ出ます。これは、雨の日でも、雪の日でも。

帰宅後は、家事をしたり、雑務を片づけたり、本を読んだり、音楽を聴いたり、何もしないでぼーっとしたり、だらだらしたり、ごろごろしたり、仕事の下調べをしたり、メールの返事を書いたりしているうちに、夕方に。

早めに夕食を済ませて、ふたりで映画を観たり、テレビドラマを観たりする日もあれば、ごくまれに、なんとはなしに気分が乗ってきて、朝の執筆のつづきに着手したり、原稿の推敲をやってみたりする日もあります。

夜はベッドに潜り込んで、ひたすら読書。好きな作家の本を、夢中になって読みます。読めば読むほど、翌朝の執筆がうまく行きます。これについては、長年の経験によって証明済み。前の晩の読書が足りていないと、翌日の執筆はうまく行かない。だから、浴びるように読みます。好きな作家は大勢いるから、読みたい作品が尽きることはありません。

そのうち眠くなってきて、おやすみなさい。

これが私の普通の一日、いわゆる「ルーチン」です。

お坊さんのエッセイに始まって、好きな作家の小説で終わる一日。

平凡で、何事もなく、穏やかに過ぎていった、きょうという一日。

あしたも、あさっても、しあさっても、つづくんだろうなと思える、この日常。

今朝のお茶は美味しかった、お坊さんのエッセイは役に立った、あしたまでに送るべき原稿もうまく書けた、ランチもうまく作れた、ランニング中、可愛い子鹿を見かけた、好きな作家の新刊を読み始めた——このような、平凡なきょうこそが「特別な一日」なのだと気づいたのは、いつの頃からだったでしょうか。

いったい何がきっかけだったのでしょう。

もしかしたら、可愛がっていた猫に死なれたとき、だったかもしれませんし、長い旅から戻ってきて「ああ、家にいるのがいちばん幸せ」と感じたとき、だったかもしれません。

アメリカでは、感謝祭とクリスマスに自殺する人が多いと言われています。

感謝祭もクリスマスも、アメリカでは「家族で過ごす日」です。普段はひとり暮らしをしている学生は故郷へ帰省しますし、普段はふたりで暮らしている夫婦なら、どちらかの実家へ戻ったりします。子どものいる夫婦は、子どもを連れて。

どちらも、日本のお正月に当たる日なのです。

自殺するのは、パートナーや家族のいない、孤独な人。

思い返せば、二十代だった頃、日本では、クリスマスイブには恋人と過ごすのがロマンティックとされていたので（今も、でしょうか？）恋人のいなかった私は、ずいぶん寂しい思いをしていたものです。そういえば、結婚している人とつきあっていた友人は「お盆休みと年末年始がつらい」と、愚痴をこぼしながら泣いていましたっけ。

十一月の最終週の木曜日（感謝祭）も、十二月二十五日も、一月一日も、今の私に言わせると、一年のカレンダーの中のただの一日。決して「特別な日」ではないと思えます。

私はクリスマスもお正月も、緑茶とお坊さんから始める予定です。

今年が終わって来年が来ても、実際には、何も変わりはしません。

結婚記念日だって、離婚してしまえば、なんの記念日でもないわけです。

バレンタインズ・デイにチョコレートを贈らなくても、美味しいチョコレートを見つけたら、その日に贈ればいい。十二月二十四日にいっしょに泊まれなくても、二十六日が日曜日なら、朝からデートをすればいい。お正月なんて、一月三日を過ぎたら、誰も話題にしなくなる。もしも「もうじき、クリスマス。ひとりで過ごすのは寂しいな」と思っている人がいたら、私はあなたにこんな詩を贈りましょう。

読んだあとは、どうかぐっすり眠って下さいね。

素敵な孤独

クリスマスイブは恋人と
お正月は家族と
過ごさなくちゃならないって
そんな決まりはどこにもないんだよ
ひとりで過ごすクリスマスも
ひとりで過ごすお正月も
あなた次第で
とっても素敵なものになるよ
朝焼けがきれいな日は
朝焼け記念日
夕焼けがきれいな日は

夕焼け記念日

誰といっしょにいても
孤独な人は孤独だし
ひとりでいても
幸せな人は幸せ
孤独は悪いことでも
寂しいことでもない
素敵な孤独を楽しんで
孤独を理由に死んだりしないで
命がもったいないよ

過去を味方につけて

美しく歳を取る

あなたは、年齢を重ねていくことを不安に思っていませんか?

私は長きにわたって、思っていたことがあります。

今でもときどき不安を感じます。ときどき、ではありますけれど。

誰だって歳を取るし、例外なんてひとりもいないし、今はどんなに若くても、そのうち絶対に老いるとわかっているのに、それでも不安に思ってしまうのです。

先に「長きにわたって」と書いたのは、二十代の頃には二十代の、三十代の頃には三十代の、四十代の頃には四十代の——少しずつ毛色の違った不安があったから。

もしかしたらこの不安は、私が女性だから、もっと端的に言うと、日本人女性だから感じる不安であったようにも思えます。男性だったら、こんな不安は抱かないかもしれない。

抱かなくても済む。そんな不安を、日本社会で生きる女性たちは、少なからず抱いているのではないでしょうか。

では、私の「不安史」をふり返ってみましょうか。

まず、二十代だった頃。

私が二十代だったのは、七〇年代から八〇年代にかけてです。当時の日本の女性たちは、二十五歳前後で結婚するのが「普通」とされていました。「結婚適齢期」なんて言葉もありました。「普通」も「結婚適齢期」も、いったい誰が決めたんでしょうね。笑ってしまいます。結婚なんて、人それぞれであるはずなのに。二十五歳までに結婚できなかった女性は「売れ残ったクリスマスケーキ」なんて言われていた。「行き遅れ」という言葉もありましたね（次々に思い出す私）。ケーキにたとえられるのは女性だけで、男性が和菓子にたとえられることはありませんでした（笑）。

なんの根拠もない適齢期を目前に控えて、私は焦っていました。時間がどんどん過ぎていく。ケーキの賞味期限が迫ってくる。早く結婚しなくては、あっというまに三十代になってしまう。三十代になるまでに結婚しなくては、売れ残りになってしまう、と。今にして思えば、本当に馬鹿馬鹿しい悩みです。滑稽な悩み、と言ってもいいでしょうか。でも当時は本気で悩んでいた。結婚相手もいないのに。

そして、三十代の頃。

今度は、結婚の代わりに「出産」の期限が迫ってきます。「産め産めコール」がうるさくなってくる。私も、耳に胼胝《たこ》ができるほど聞かされました。

子どもは？　まだ作らないの？　早くしないと、あとが大変よ。子どもって、可愛いよ、産んでみればわかるわよ、などなど。このような声（余計なお世話とも言う）は主に、産んだ女性たちから、産まない女性たちへ発せられていたように記憶しています。

歳を取れば取るほど、出産も育児も体力的に（精神的には、逆ではないかと思います）困難になってくる。早く産むのに越したことはない。それはわかっている。けれど、子どもを持たない人生だって、あっていいのではないか。なぜ産んだの？　産まない人生もいいかもしれないよ。彼の子どもが欲しいって言うけど、自分にそっくりな子だったらどうするの？　なぁんて、言ってみたい気持ちをぐっと抑え込んでいましたっけ。

そして、四十代になると。

産め産めコールから解放されて、身辺はわりとすっきりしてきます。仕事もそれなりに軌道に乗ってきて（私の場合はそうではありませんでしたけれど、一般論として）人生もそれなりに充実してくる。しかし、この頃になると、体の内側からじわじわと、不安が滲み出てくる。閉経、更年期障害も他人事ではなくなってくる。視力が低下する、白髪が増える、物忘れがひどい。などなど、老いの前兆を自覚するようになってくる。

と、ここまで書いてきて、自分でもうんざりしてきました。

女の一生、歳を重ねていくごとに、悩みと不安がうしろから追いかけてくるようではありませんか。

では、そんな不安と悩みを十把一からげにして、ばしっと断ち切ってみせましょう。

私がアメリカへ移住したのは、三十六歳のときでした。

九〇年代の初め。当時の日本では「おばさん」と呼ばれる年齢です。

今でもよく覚えている、ある場面を再現してみます。題して「おばさんのポケットティッシュ」。

渡米直前に、用事があって吉祥寺に出かけていたとき、駅前で、数人の男たちが宣伝用のポケットティッシュを配っていたのです（今はもう、こういう風景は見られなくなっているのかも？）。ちょうどティッシュを切らしていたので「あ、私ももらおう」なんて思いながら改札口を出ました。

ティッシュをもらっているのは、女性だけ。

だから私ももらえるものだと思っていました。

ところが、男は私の顔をちらっと見ると、私の手をすっと避けて、私のうしろから歩いてきた若い女性に差し出します。「あれっ？」と思いました。でも、そのときは急いでいたので「ま、いいか」と思って、そのまま去っていきました。で、帰り道。今度は駅へ向かって歩いていくわけですけれど、なんと、そのときにも同じことが起こったのです。男は私を見ると、伸ばしていた手をすっと引っ込めます。同じ女性なのに、なぜか私にはティッシュをくれない。

どうしてだろう？

単純に疑問を感じたので、私はみずから男に歩み寄っていき「私にも下さい」と、詰め寄ってみました。男は断るわけでもなく「いいですよ」と言って、ティッシュをくれました。心の中では「変なおばさん」と思っていたかもしれませんね。

もらったティッシュを裏返して「そうだったのか」と、すべてを悟りました。【簡単にお金が稼げます。あなたも今すぐお電話を】というような、風俗産業への勧誘広告。

そうだったのです。三十六歳の私はもう、日本ではこういった仕事には就けない年齢であった、というわけなのです。誤解を恐れず書けば、当時の私、まだじゅうぶん、そういう仕事にも就けたと思うのですけれど（笑）。

若い女性を偏重する日本社会（男性社会、と書くべきでしょうか）。

若いというだけで、女性がちやほやされる日本社会。

若い女性＝美しい女性、と定義される日本社会。

女性にとって、非常に生きにくい社会と言えるのではないでしょうか。「偏重」を別の言葉で言うと「使い捨て」ってことですから。三十六歳までよくがんばって、日本で生きてきたなぁと思います。ときどき鬱状態になりながら。

アメリカで暮らすようになって、三十六歳は「とても若い女性」であると実感しています。四十代も五十代もアメリカでは「若い女性」です。実際に人からもそう言われますし、そう見られていますし、アメリカ社会の中では、ありとあらゆる場所で、中年以上の女性たちが普通に活躍しています。少なくとも私の目にはそう映っています。

　アメリカの航空会社の飛行機に乗っただけで、そのことは一目瞭然。日本の航空会社と違って、客室乗務員はほとんど全員、中年以上の男女。銀行へ行っても、窓口には若い女性の姿はありませんし、会社の秘書も、ニュースキャスターも「若くて美人」ではありません。代わりに、四十代、五十代の女性管理職のなんと多いこと。女性政治家も多い。しかし、同時に、肉体労働に就いている女性も多い。体力に自信があれば肉体労働も厭わないし、運転手、警察官、刑事、軍人など、いわゆる男の仕事とされている職業に就いている女性も多い。男女平等を実現したければ、男性だけじゃなくて女性も、意識の改革をしないといけないのだと思います。

　アメリカでは、男女に限らず、六十代は黄金の年代とされています。六十代になってやっと、知力と気力と体力のバランスの取れた、成熟した大人になれる、というわけなのです。

若い女性を偏重しないアメリカ社会では、若い女性だけがちやほやされることなどなく、若さとはむしろ、幼稚、未熟、未経験の代名詞にもなっています。あえて言い切ってしまうと、アメリカでは、成熟した大人こそが美しい人間なのです。

美しさとはなんでしょう。その定義は人それぞれでいいと思います。私は、美しさ＝強さと優しさ、と定義づけています。あくまでも私の定義です。

六十代は黄金の年代であり、歳を重ねた女性＝美しい女性である、と定義することによって、私は身をもって、年齢を重ねていくことの楽しさ、素晴らしさを実感することができるようになったのです。

アメリカ賛美をしたいわけではありません。

私の言いたかったことは、日本では「おばさん」「おばあさん」扱いをされていても、一歩、海の外へ出れば、そこにはまったく違った考え方があり、見方があり、見られ方がある、ということ。

あなたは、何歳になっても、輝きつづける女性でいられる、ということ。

あなたの生きてきた過去、過ごしてきた時間を、これから生きる時間を、あなた自身が味方につければいいのです。美しく歳を取るということは、美しく装うことでもなく、若返ることでもなく、美しく振る舞うこと、美しい内面を保つこと、美しい生き方を心がけること。自戒の意味をこめて、私はそう思っています。


今夜も森の鹿たちに登場してもらいましょう。

しっぽの裏側が白いので「ホワイト・テイルド・ディア」という名が付いています。りっぱな角を生やしたおす鹿は森の奥深くで暮らしているのか、めったに見かけません。うちの庭には、めす鹿がしょっちゅうやってきます。

子鹿が生まれるのは六月。

みずみずしい若葉の森の中で、生まれたばかりの子鹿はすぐに立ち上がって、よろける足どりで歩きながら、お母さんのお乳を求めます。

子鹿の背中に付いている白い斑点は秋の終わりには消えて、大人の鹿になります。

子離れも早く、親離れも早い。成長した鹿は子鹿を一頭、翌年には二頭、産みます。そして数年後には、寿命が尽きるようです。

なんて短い、なんて潔い一生なのでしょう。
死に向かって、短い生を生き切る鹿たちの姿を見つけるたびに、私は思うのです。
歳を重ねていくことは、美しい。
人の一生も、鹿の一生も、短いからこそ儚く、儚いからこそ美しいのだと。
きょうも一日が終わろうとしています。
あしたも生きましょう。
せいいっぱい美しく、強く、優しく。
一日だけ歳を取ったあなたに、今夜もそっと「おやすみなさい」――。

ジョーくんの教え

地道にこつこつ

今夜は、仕事の話をします。でもその前に、ジョーくんの話を。

ジョーくんというのは、森に住んでいるしまりすの名前です。

ほかにも、モモちゃんとピンキーちゃんがいます。

いえ、しまりすはもっとたくさん住んでいるのですけれど、とりあえず、我が家の勝手口周辺やデッキや玄関先に姿を現してくれるのは、この三匹。

実はおすとめすの区別は、まったくつきません。専門家でも、判別するのは非常に困難なのだそうです。三匹の姿形はそっくり。まるで生き写し。それでも毎日のように観察をつづけていると、微妙な違いがあるとわかってきます。なんとなく、ではありますけれど。

なんとなく剽軽で、フレンドリーで、いつも陽気なのがジョーくん。

なんとなくつんとしていて、よそよそしい感じがするのがモモちゃん。

ピンキーちゃんは、ジョーくんとモモちゃんのあとを追い回している子。

だいたいこんな感じです。

ジョーくんが最初に勝手口の近くの草むらに姿を見せたとき、あまりの可愛らしさに、いけないとわかっていながらもつい、胡桃をあげてしまったのは夫が先だったか、私だったか、記憶はあいまいです。とにかくつい、あげてしまった。ジョーくんは人間を恐れていない子だったので、すぐに懐いて、私たちが台所にいる時間帯に勝手口の近くに姿を見せるようになりました。

ジョーくん、と名づけたのは夫です。

名前を付けると、もうだめですね。だめというのは、めろめろになる、という意味です。もう、可愛くて、可愛くて、仕方がない。ジョーくんも私たちに気を許してくれたのか、手のひらから直接、ナッツ類を食べるようにまでなりました。

そうこうしているうちに、ジョーくんの友だちなのか、奥さんなのか、きょうだいなのか、続柄は不明ですけれど、モモちゃん、ピンキーちゃんもやってくるようになった、という次第です。

森には、しまりすのほかに、ひとまわりほど体が大きくて、銀色と灰色が混ざったような毛色の、しっぽがふさふさのりすもいます。ここでは便宜上「銀色りす」と呼ぶことにします（英語名の発音がすごく難しいので）。

しまりすも銀色りすも、秋の終わりから春の初めまで、冬眠（というか、仮眠でしょうか）をします。しまりすは地下に通路と貯蔵庫を掘って、銀色りすは木の上に枝と枯葉で巣を作って、越冬します。同じりすでもずいぶん違うんだなぁと感心したものです。

しまりすたちは、秋になると、地下の貯蔵庫に越冬用の食糧を貯めるために、猛烈な勢いで、どんぐりや木の実を集め始めます。銀色りすは木登りが得意なので、木に登って枝を揺らして、どんぐりをぱらぱらと落とします。落としたどんぐりを拾い集めて、巣まで運びます。頭がいいですね。

長い冬が終わって、春が来ると、しまりすと銀色りすは地下室と巣から出てきて、まるで春の訪れを喜んでいるかのように元気いっぱい走り回ります。

夏になると、交尾のために、盛んに鳴きます。チョッチョッチョッチョッ……と、森中に響く大きな声。女の子は、気に入った声の男の子とおつきあいをするようです（これは、私の想像に過ぎません）。

春＝走り回る。夏＝パートナーを探す。秋＝どんぐりを集める。冬＝冬眠する。

毎年、毎年、このくり返し。飽きることもなければ、倦むこともなく、ほかに刺激を求めることもなく、地道にこつこつ、生の営みをくり返して、寿命が尽きれば森に還っていくのでしょう。

その規則正しさ、その律儀さに、私も飽きることなく毎年、胸を打たれます。

私もジョーくんたちのようでありたいと、素直にそう思うのです。


物書きという仕事は、さぞ刺激に満ちておもしろいのだろう、と、思っている人は多いのではないでしょうか。友人や知人からもそのように訊かれることがよくあります。

でも実は、それほどおもしろくも、楽しくもない仕事です。逆もまた真なりで、もちろん、おもしろいな、楽しいなと思う日もあるし、そういう出来事もありますけれど。

毎日、朝から晩まで、実際にやっていることと言えば、まっ白なパソコンの画面をこつこつ、こつこつ、埋《うず》めていくことです。

一文字、一文字、一語、一語、一行、一行、埋めていく。この言葉でいいのか、この表現でいいのか、と、疑ったり、納得したり、辞書で意味を調べたりしながら。それが一段落になり、一ページになり、十ページになり、百ページになり――ある日、やっとのことで原稿が完成し、その後、一冊の本になっていくわけです。ここまでの道のりはだいたい(あくまでも私の場合は、ということです)短くて一年か二年、長い作品だと、三年から五年くらいはかかります。

何もかもがスピーディに進んでいくことをよしとする風潮がある昨今、一冊の本を創り上げるまでにかかる時間を思うと、めまいがしそうになります。

長い時間をかけて書き上げても、その作品が出版されないことだって、あります。過去に、没にしたり、没にされたりした原稿。それらを詰め込んで、クローゼットのかたすみに積み上げてある段ボール箱の数は、一個や二個ではありません。

それはさておき、とにかくこの仕事には、並々ならぬ忍耐力が必要です。辛抱強さが必要です。自分の文章、しかも、どこにも正解のない文章というものと、とことん、つきあっていかねばなりません。

厳しい仕事です。難しい仕事です。

小説を書くことが難しいのではなくて、書きかけの作品と根気よくつきあっていくことが難しい。自分の書いた文章を読み返しては「ああ、全然うまく書けていない。お金を払って本を買って、読んでもらうに値する文章になっていない」と、嫌気が差す。そのいやな気持ちに、いかにして打ち勝つか。

言いかえると、自分との闘いが難しいのです。

これって、どんな仕事にも当てはまることではないでしょうか。

仕事とは文字通り「事に仕える」ことです。

しかも、人生の時間の大半を使って、仕えるわけです。

これは人生の真実だと私は思うのですけれど、目標であれ、夢であれ、そんなに簡単に実現できるはずはありません。それどころか、人生とは、実現できなかった目標の残骸と夢の燃えかすでできあがっている、と言っても過言ではないでしょう。

それでも、ひたすら尽くす。ひたすら打ち込む。こつこつ仕上げていく。

地道。これしか道はありません。


ああ、もう、いや！

いつまで書いていたって、書き上がりっこない。

自暴自棄になって、すべてを投げ出したくなるとき、私は窓の外に目をやります。

ジョーくん（あるいは、ジョーくんの親戚、子孫かな？）の姿を探します。

冬なら、地中で眠っているしまりすと、木の上で眠っている銀色りすに、思いを馳せます。りすたちのシンプルライフに。

りすたちを見習って、
春＝構想を立てる。夏＝書き始める。秋＝書きつづける。冬＝書き直す。

そう、毎年、毎月、毎日、これをくり返していけばいいのです。

継続は力なり。千里の道も一歩から。いい仕事をしていくためには「くり返し」と「積み重ね」しかありません。

画期的な道もなければ、近道もないのです。

きょうはどんな仕事をしましたか？

きょうはどこまで進みましたか？

まだ頂上は見えてきませんね？

まだ目標は遠くにありますね？

でも、それでいいのです。頂上に至る道が遠く、険しいからこそ、登頂できたときの喜びは大きくて深い。

忘れないで下さい。どんな仕事も、ひとりではできないし、常に誰かに支えられている。あなたもまた、誰かを支えている。あなたの仕事のおかげで、元気になったり、笑顔になったり、幸せになったりしている人が必ずどこかにいます。

仕事とは、小さな事の積み重ね。きょう、やるべきことをやったあなたは「よくやったね」と自分を褒めて、ぐっすり眠ればいいのです。

おやすみ前のあなたに贈りたい、今夜の短い詩をどうぞ。

旅の終わりに

あしたはなんとか最後まで
たどり着けそうだ
長い旅だった
終わりそうもない旅だった
苦しい時もあった
くじけそうにもなった
あきらめてしまいそうにもなった
それでもがんばれたのは
待っていてくれる人がいるから
いつもどこかで誰かが
私を見守ってくれているから

顔も名前も知らない人たちに
私は感謝する
あなたがいてくれるから
私はがんばれる
あなたが読んでくれるから
私は書けていける

この本を読んでくれて、ありがとう
さあ、ここでページを閉じて
今夜もそっと、おやすみなさい

お金について語るときに私たちの語ること

最初にお断りしておきますと、この章のタイトルは、レイモンド・カーヴァーの作品『愛について語るときに我々の語ること』（村上春樹訳）および、村上春樹さんのエッセイ集『走ることについて語るときに僕の語ること』の真似です。

今回は、お金の話をします。

数年前の日本帰国中、年下の友人と会って、あれやこれやと積もる話をしていたときのこと。彼女は三十代。恋人はいます。結婚はしていません。仕事もうまく行っているようだし、都内の小ぎれいなマンションに住んで、いかにも優雅なキャリアウーマン生活をエンジョイしているように見えます。

「ああ、うらやましいなぁ。今どきの若い女性って、優雅でいいなぁ。私が三十代だった頃には、毎日あくせく働いて、毎日あたふたして、お金の苦労と、気苦労ばかりしてたなぁ。働く女性の地位も低かったし、セクハラなんて日常茶飯事で」

なんて、私が冗談めかして言うと、驚いたことに、彼女はこう言ったのです。

「優雅なんて、とんでもない。私って、もしかしたら、負け組かもしれない。今の生活レベルに特別な不満があるわけじゃないし、給料も平均くらいはもらえているんだろうし、貯金も毎月、少しずつはできてる。でも、老後は最低二千万円必要、とか、いや、四千万円だよ、とか言われると、それにはまったく足りていないし、足りるほど貯められる予感もしないし」

「え？　老後のお金って、今から老後の心配をしているわけ？」

あいた口がふさがりません。

だってまだ、三十代でしょ？　後半じゃなくて、彼女はちょうど三十代の半ばくらい。ということは、私が日本での仕事と生活にいったん見切りをつけて、裸一貫（というと語弊がありますけれど、気持ちとしてはそんな感じ）で渡米した年齢です。

「老後のことなんて、今から悩むのは、早過ぎるんじゃない？」

と、私が言うと、彼女は大きなため息をひとつ。

「小手鞠さんはアメリカにいるから、わからないかもしれないけど、私のまわりの人たちを見てると、みんなもっとお給料をもらって、きちんと倹約して、貯金ももっとたくさんしてるのかなって、すごく気になるの。でも、ＳＮＳを見ていると、私と同年代の人たちはたいてい、外国へ旅行したり、素敵なレストランで食事をしたり、お金のかかりそうなことをいっぱいやってるようにも見えるし……だから私って、やっぱり負け組なんだって思えてならなくて……結婚したら、もっと貧乏になるのかもしれないと思うと、結婚にも踏み切れないし、将来のことを考えると、夜も眠れないことがあって……」

話がだんだんネガティブな方向へ向かっていきます。

「ちょっと待ってよ！」

私は方向転換を試みます。

友人として、気合いを入れて彼女を励まし、元気づけ、慰め「あのね、そんな無用な心配は、しなくていいんだよ。それよりももっと、もっと、今の生活を楽しみなさい。人生は、楽しむためにあるんだよ」と、彼女の背中を優しく、力強く、叩いてあげなくては。

三十代から六十代にかけて、私はお金とどうつきあってきたか。
彼女に語って聞かせたことを、ここに書いてみましょう。

私は二十八歳のときに京都で夫と知り合い、いっしょに四ヶ月あまり、バックパックふたつでインド放浪の旅をして、その後、京都へは戻らず東京へ出ていき（このときは無一文に近い状態）三十歳から六年間ほど、雑誌のフリーライターとして働いていました。

その六年で、貯めたお金は、約一千万円。

本当にあくせく働いて、どんな小さな原稿でも書いて、どんな安い原稿料の仕事でも引き受けて、せっせと貯金をしました。それは「アメリカへ行く」という目標があったからです。もっと正確に言うと「アメリカで、マイホームを買う」という夢です（おまけとして、猫を飼う、も、くっついていました）。

渡米後、その一千万円はマイホームの頭金の一部として消え、私の貯金はふたたびゼロに。同時に仕事もゼロになり、とにかく、あとはもう小説を書いて、その小説がお金になるようにしなくてはならない、という崖っぷちに追い込まれてしまったわけです。夫はその頃、大学院生。奨学金をもらっていたので、学費はそれほどかからなかった、とはいえ、当然のことながら、生活費は必要です。車とマイホームのローンや、途方もなく高いアメリカの税金（しかも複数）を払っていく必要もあります。

新人賞受賞は、渡米の翌年に果たしたものの、私が小説で食べていけるようになるまでには、それからなんと、十五年ほどの年月がかかりました。つまり、私たちのお金の苦労は、十五年の長きにわたって延々とつづいた、ということです。老後の不安なんて、そんな先のこと、憂えている暇などありません。その日その日、今月、来月、さ来月のお金をどうやって捻出するのか、それだけで精一杯の日々でした。

でも、それがよかったのです。

追い詰められると、人間、火事場の馬鹿力で強くなれるものです。

書いても書いても原稿は没になるばかりで、一時期は、生活費を借りるローンまで利用していました。そんな綱渡り的な危うい状態にあったからこそ、私は意地でも「小説家になってやる」しかも「稼げる小説家になる」と、闘志を燃やしていました。

一方の夫は、投資に燃えていました（すみません、偶然、駄洒落になってます）。

彼は子どもの頃から「お金は貯めるだけじゃなくて、増やすもの」という教育を両親から受けてきた人です。これは、アメリカでは珍しい話ではなくて、アメリカの多くの親は子に、投資の仕方を教えるのだそうです。

ここで、お金に関するふたりの傾向の違いについて書いておくと、私はお金にはルーズで、丼勘定主義、先のことはあんまり考えていない。彼は非常にきちんとしていて、倹約家で、細かい金額まで気にしている。実に対照的なふたりです。だからいいコンビだった、とも言えるでしょうか。

何はともあれ、私が稼いだ小金を、彼が株や不動産などに投資して増やしていきます。そうして、大学院を修了したあと、私たちは、古かったマイホームを改装して売りに出し、売ったお金で次の家（これが今の家です）を購入しました。家の売買に際しても、そこできちんと利益が得られるよう、夫は知恵を働かせたようです。

『欲しいのは、あなただけ』と『エンキョリレンアイ』の二作によって、私はやっと小説だけで生計を立てていけるようになりました。これが五十代の初めのことです。

そのあともずっと「私は稼ぐ人、彼は増やす人」の二人三脚でやってきて、今日に至っています。

「これからは、無理に貯金はしなくていい。ふたりとも、ただ楽しみのために楽しく働いて、余ったお金で旅行をいっぱいしよう」

彼から「老後の安泰宣言」が出たのは、六十代になったある日のことでした。人生のページが一枚、めくれたようでした。お金と私の関係が逆転したのです。

「えっ？　ほんと？　いいの、そんな甘い考えで」

と、お金にルーズな私が神経質な彼を牽制したくなるほど、それは大きな出来事でした。しかし悲しいかな、それまで必死で貯金、貯金と猛烈にがんばってきたので、すぐにその習慣を変えることはできなかった。頭ではわかっていても、体がまだ順応しないのですね。だからつい、がんばってしまう。どんな細かい仕事も引き受けて。

「そうか、もう、お金のために書かなくていいのか」と、私が考えを改めることができたのは、つい最近になってからのことです。


駆け足で書きました。これが私とお金の「恋愛小説」です。

いかがでしょうか？

どんな感想を抱かれましたか？

最後に、これも日本で若い友人に話したことですけれど、私自身の得た教訓を書いておきましょう。

老後のお金の心配は、そんなに早くからしなくていい。心配すればしただけ、心配は大きくなるだけ。それよりも、今を生きなさい。今、きょうできることを精一杯やれば、それは老後につながっていくのです。言ってしまえば、きょうこそが老後。

さあ、今夜もぐっすり眠って下さい。

お金の心配は、今はまだ、しなくていい。

老後まではまだ、何十年もあります。

それよりも、あしたが大事。あしたの朝、起きたときに「さあ、きょうもがんばろう！」って、体中に働く気力がみなぎっている。これが大事です。

眠れない夜に、目にも美味しいカクテルはいかが？　さわやかで切れ味のいいマルガリータで、海辺のバカンスの夢を。ウェット・マティーニで、すとーんと眠りに落ちる。バーボンウィスキーをベースにしたオールド・ファッションドで、古き良き夢を。タイ料理店の美しいカクテルで乾杯。

ときめき革命を起こそう

四季折々のきらめき

ぶあつく積もった雪が凍結して、まさに「氷と雪の森」と化している二月。

それでも、仕事部屋の窓から見えるレッドメイプル（楓の一種です）の、枝という枝には小さな赤い芽がぽつぽつと吹き出していて、かすかではあるけれど確実な、春の息吹を感じます。

もうじき、バレンタインズ・デイがやってきます。日本に住んでいたときには「バレンタインデイ」と言っていましたが、アメリカでは「バレンタインズ・デイ」と言いますので、アメリカ式で行きます（関係ない話ですけれど、スクランブルエッグは、英語では、スクランブルド・エッグズ）。

バレンタインズ・デイと言えば、日本では、女性から男性へチョコレートを贈る日ですね。本命の人以外に配るのは、義理チョコでしたっけ。

アメリカではどうなのか。

もちろん、恋人なり、夫なりに、チョコレートを贈る女性もいるでしょう。でも、アメリカではその逆の方が多いようです。男性から女性へ、夫から妻へ、ボーイフレンドからガールフレンドへ、贈るのはチョコレートよりも薔薇の花束が一般的かな。

二月十四日になると、路上にはよく、薔薇の花束だけを売るトラック（移動する出店）が停まっています。並んでいるのは男ばかり。中年男性が多いです。

薬局のカードコーナーでは、妻に贈るための赤いハートの付いたカードを選んでいる、やはり中年以上の男性の姿が目に付きます。

レストランでは、バレンタインズ・デイのための特別ディナーを出します。ロマンティックな（?）この夜、ディナーを食べに行くのは、ほとんどが夫婦。夫は妻をこのディナーに誘って、食前か食後に、妻に薔薇の花とプレゼント（チョコレートには限りません）を贈るのでしょう。年齢層は、五十代以上が大半。

そう、アメリカのバレンタインズ・デイ＝愛の日は、夫婦で祝うものなのです。しかも、新婚カップルではなくて、熟年カップル。

　ここまで書いて、思い出しました。

　つい先ごろ、ある地方の情報紙で「恋愛特集」を組むことになり、読者から寄せられた恋愛相談の手紙に私が回答を書く、という仕事をしました。紙面では回答できなかった、こんなお手紙。引き出しから取り出して、ちょこっとお返事を書いてみましょうか。


【結婚から四年。夫とは、お付き合いした期間を入れると十一年。知り合ってからは十四年経ちます。周りからはまだまだ新婚と言われますが、正直、一般的に言われる新婚のような、ドキドキやときめきが日常にありません。ドキドキすることある？　と夫に聞くと今までで一度もないと言われ、詳しく聞くと一緒にいて落ち着くから今に至ると言われました。「一緒にいて落ち着く」という言葉もとても嬉しいのですが……私は、たまにはドキドキしたり、ときめいたりしたいし、されたいです。なんだかこのまま女性としての自分が終わっていくような……悲しい気持ちになります……。夫をドキドキさせる、日常にときめきを求めるのは、もう諦めた方がよいのでしょうか。三十四歳】

新婚のようなドキドキやときめきが日常にはなくて、一緒にいると落ち着く。

それって、最高の夫婦関係じゃないですか。

ドキドキやときめきよりも、落ち着きや安らぎの方がいいに決まってるじゃないですか。

だいたい、ドキドキやときめきって、そんなにいいものですか？

世間では「ときめき」がやたらに持てはやされているようですけど、それって感情のアップダウンってことでしょう。頭に血がのぼって、かぁーっとなって、胸がどきどきして、前後の見境もなく、わぁーっと思い詰めてしまう、というような状態。

そんなものが毎日、心に頻繁に起こったら、しんどいだけですよ。落ち着き、心の安定、平安こそが素晴らしいのです。

なぁんて思いながら、次のお手紙を手に取ると――


【結婚して十年経ってもラブラブな友人夫妻とつい自分たちを比べてしまう。年に一度、結婚記念日に夫婦だけで食事に行ったりする様子をＳＮＳで見るたびにうらやましくなる……。私も夫婦でそういう時間を持ちたいが、自分から言うのもどうなのかな……でもこのままじゃ、旦那からのアクションは一切なさそうだし、思い切って誘っても反応が思わしくなかったら……。そもそも自分たち夫婦はそんな（記念日にオシャレなところでコース料理頼むような）キャラじゃないかとか、もやもやするときがある。上手な誘い方を知りたい。子どももいて、自分は恋愛的なドキドキはもうほとんど感じていないけど、相手もそうなのか知りたいが、こっぱずかしくて聞けない。四十歳】

恋愛的なドキドキ。

また出てきましたね。

そんなしんどいもの、どうしてわざわざ求めるんですか。

せっかく結婚もして、お子さんにも恵まれているというのに、今さらドキドキなんてしなくたって、じゅうぶん幸せに生きていけます。

SNSでラブラブな夫婦ぶりを見せつけている人たちって、ただの露出好き。あるいは、自分たちのラブラブぶりに自信がないからこそ、他人に見せつけることで、自信を得ようとしているだけのことです。

ときめきよりも、ドキドキよりも、ただ「この人が好き」「信頼できる」「ずっと一緒にいたい」――それだけでじゅうぶんではありませんか。

何も起こらないことこそが幸せであり、安定し、落ち着いた感情こそが愛なんです。

なぁんて思いながらも、実は私には、このふたりの女性の切実な気持ちが手に取るようにわかっているのです。

昔の恋人に対して、私も、ドキドキやときめきだけを求めていました。求め過ぎて失敗してしまいました。それが相手にとって、大きな負担になったようなのです。

現在の夫に対して、私は今でもドキドキやときめきを感じています。出会った頃と同じようなときめきを感じることもあるし、違ったタイプのドキドキを感じることもあります。ついこのあいだ、夫に初めて髪の毛を切ってもらったときには（コロナのせいで美容室が閉まっているため）けっこうドキドキしましたよ（笑）。

なぜ、こうなるのか、理由はわかりません。

言いかえると、ドキドキやときめきは、自然に湧いてくるものだから、湧かないものは湧かないで、放っておくしかない。

と言いながらも、バレンタインズ・デイに食事に誘ってみれば、と、私はこのふたりに提案します。

ここからが二通のお手紙へのお返事です。

まず、とびっきり素敵なレストランを予約して、彼に日時を知らせて、思いっきりお洒落をして、事前に美容室へも行って変身してから、お出かけして下さい。彼を煙に巻くようなつもりで、彼に魔法をかけるような意気込みで、失敗したって離婚には至らないでしょうから、ここはひとつ、大勝負をかけてみて下さい。

彼からのアクションを待っているだけ、なんて、つまらないじゃないですか。

あなたからアクションを起こして下さい。

「ときめき革命」を起こすのです。

もう若くないから、新婚じゃないから、出会った頃のようなふたりじゃないから、だからこそ、彼を誘うのです。関係を転覆させる。今までの流れをがらりと変える。それが革命です。恥ずかしがっている場合じゃありません。あきらめるのも早過ぎます。三十四歳と四十歳なんて、人生、まだ始まったばっかりじゃないですか。

アメリカ人の中年以上の夫婦は、バレンタインズ・デイには、年に一度の勝負をかけているのだと思います。勝負イコール演出です。

ときめきやドキドキをどうしても感じたいのであれば、舞台設定をして、キャラクター（そんなキャラじゃなくても）をしっかり創造して、あなたたち夫婦が主役の脚本を練り上げて、なんなら台詞の練習もして、バレンタインズ・デイに向かって、いざ出陣！

ときめきとドキドキをかなりこっぴどく批判してしまいましたね。私が夫に対して感じているときめきやドキドキは、日常の中にある小さな発見みたいなものです。

知り合ってから数えると、三十七年になります。

それでもまだ、今まで知らなかった彼の一面を発見したりすることがあって、そういうときには、胸がときめきます。

それは本当に、小さなことなのです。

そして、過去にも何度か経験した「小さなできごと」であることが多い。

たとえば、長い長い冬が終わって、ぶあつい雪が解けてきたとき、雪の下ですでに芽を出している水仙の黄色い葉っぱを発見したとき、

「わあっ、こんなぶあつい雪の下から、よく、葉っぱを出してきたなぁ」

と、素直に感動する。しかも毎年の春。同じ発見をしては、そのたびに感動する。

夏が来ると、森がマウンテンローレルの白い花で覆われる。

「わあっ、すごい。まるで桃源郷みたい」

と、毎年、同じことを思って、胸をときめかせる。

夏の終わりに、バスルームの天窓に、その秋いちばんのまっ赤なレッドメイプルの葉っぱが一枚、くっついているのを発見する。

「あ、秋が来た」

四季折々のきらめき、日々の、ささやかで小さな、でも確かなきらめき。

ときめきとはまさに、そのような「きらめき」なのではないでしょうか。

大切なのは、そのきらめきに、気づくことができるかどうか。

あなたが日々、見逃しているかもしれない、小さなときめき。彼の変化。彼の仕草。彼の魅力。意外な彼の言葉。一瞬の熱いまなざし。それらをふと、見つける。ふと見つけて感動する。「あ、知らなかった」「あ、いいな」「あ、かっこいいな」と思うことこそが夫婦のあいだの愛のときめきであり、ドキドキであるように、私には思えてならないのです。

もうじき、バレンタインズ・デイ。

あなたから彼に、愛を贈る日が近づいてきています。

とっておきの革命戦略を考えながら、静かに胸をときめかせながら、今夜もゆっくり「おやすみなさい」――。

コデマリの教え

愛する力

動植物の名前。私は極力、漢字かひらがなを使うようにしています。たとえば、朝顔、ひまわり、紫陽花《あじさい》、すみれ、たんぽぽ、水仙、といったふうに。カタカナを使うのは、外来語の名前しかない場合。アガパンサス、マウンテンローレル、デルフィニウム、ストック、チューリップといったふうに。

つまり、日本語の名前がある動植物については、漢字かひらがなで書いているわけです。黒熊、鹿、きつね、たぬき、野うさぎ、りす、蛙を、クロクマ、シカ、キツネ、タヌキ、ノウサギ、リス、カエルとは書きません。トラではなくて虎、ネコではなくて猫、イヌではなくて犬。だけど、ライオンはライオンで、ピューマはピューマです。

それなら、なぜ？

と、あなたは今、思われたでしょうか。このエッセイのタイトルに、なぜ「コデマリ」と書いているの？　と。

お答えしましょう（答えはすぐには出てきませんが、辛抱して読んで下さい）。

一九九二年の夏に渡米したとき、私は一応、雑誌のフリーライターでした。「一応」と書いたのは、渡米直前までは確かにフリーライターだったけど、アメリカに来てから同じ仕事をつづけていける保証は、まったくなかったから。あらかじめ日本で請け負った仕事はいくつか持ってきていました。それが終わったら、どうするか？　日本国内での取材やインタビューのできないライターに、そうそう仕事が回ってくるとは思えません。それを承知の上で、私は渡米したのです。

アメリカへ行けば、ライターの仕事は激減する。書く時間だけは増える。その時間を有効に活用して、それまでよりもいっそう本腰を入れて、小説を書こうと心に決めていました。「小説を書いて、文芸誌に送って、新人賞を取るんだ」という野望を抱いていたのです。ライターになる前、会社員だった頃から、小説もどきを書いて、何度も文芸誌の新人賞に応募していました。けれど、一次選考にすら残ったことはなかった。それらの没原稿の束を野望と共に、アメリカへ送る荷物の中に詰め込んでおきました。

渡米後、私はすぐに小説を書き始めました。大学院生になった夫と暮らしていたのは、ウッドストックよりもさらに北にある学園町で、十一月から四月までは雪に埋もれた日々がつづきます。

家に閉じこもって小説を書くには、非常に適した町だったと言えるでしょう。

英語の勉強もそっちのけで、次から次へと書きました。新たに書いた作品もあれば、没原稿を引っ張り出して書き直したものもありました。

文芸誌では、二重投稿は禁じられています。ある作品をある会社に送ったら、その作品はもう、他の会社には送れない。ある作品がある会社で没になったと判明してから、次の会社に送らなくてはならないわけです。早く結果を出したいと焦っていた私は「そんな悠長なことはやってられない。こうなったら、下手な鉄砲方式で行くしかない」と思い、十作書いて、十社に送ることにしました（十作、というのはたとえです。正確な数字ではありません）。ということは、ペンネームも十個、考えなくてはなりません。ありえない話ではありますけれど、同じ名前で応募して、もしも複数の会社から新人賞受賞の知らせが届いたら、困るではありませんか。

というわけで私は、十個のペンネームで書いた十作を十社に送ったのです。

そのうちの一社から電話がかかってきたのは、渡米からちょうど一年後の夏の終わりでした。アメリカで受話器を取ると、相手は日本の福武書店（現在は、ベネッセコーポレーション）の編集者。

彼は、私の本名で呼びかけてきました。

「川滝さんですね？」

「はい」

「あなたの応募原稿『おとぎ話』が弊社の新人賞の最終候補六作品の一作として、残っています」

そのとき、私の頭の中を駆け巡っていたのは「その作品を書いたのは、誰だっただろう？」という疑問でした。ペンネームが多過ぎて、どの作品をどのペンネームで送ったのか、正確に覚えていなかったのです。

電話を切ったあと、大あわてでワープロ（当時はパソコンではなくて、ワープロで書いていた）を開いて「おとぎ話」の原稿を呼び出しました。

画面に現れた作者の名前は「小手鞠るい」――。

やっと「コデマリ」が出てきました（まだ、この話はつづきます）。

ペンネーム「小手鞠るい」の由来は、雪深い学園町で初めて迎えた春、家の庭のかたすみで、満開の花を咲かせていたコデマリの花にあります。

曲げても折れないしなやかな枝に、白い小さな花をぎっしり付けています。決して華やかな花ではありません。小さな花は、小さな小さな花が集まってできています。優しさと強さを兼ね備えた佇まいに惹かれます。きりっとした、すがすがしい香りもいい。

ここで「なぜ、コデマリなのか」の答えが出てきます。

植物名の日本語表記としては「小手毬」が正しい。でも、ペンネームにしたときには「小手鞠」の方がなんとはなしに収まりがいいような気がして、私は「小手鞠」にしたのです。だから、このエッセイのタイトルは「小手毬」と「小手鞠」の両方を表すために「コデマリ」――。

今でも、あざやかに、思い出すことができます。

二十数年前のあの日、ワープロの画面にぱっと出てきた名前――小手鞠るいは、きっと、とても運の強い名前だったんだと思います。

ＫＯＤＥＭＡＲＩと打ち込んで漢字変換をしようとすると、最初に出てくるのは植物名である「小手毬」のようです。きっと、そのせいなのでしょう。よく間違えられます。メールにも「小手毬さん」「小手毬るい様」と書かれていることがけっこうあります。

昔は、間違えられると、腹を立てたり、むっとしたり、悲しくなったり、情けなくなったりしていました。私自身、名前に限らず、しょっちゅう、いろんなミスを犯しているにもかかわらず。仕事がうまく行っていなかった時期には「私は人に名前を間違えられる程度の作家でしかないのだ」と、自嘲していたこともありました。

いつの頃からか、間違えられると「これはいいチャンスだ」と、思えるようになりました。そう、相手のミスは、正しい名前をきちんと覚えてもらえるチャンス。ミスがきっかけになって、その人とより親しくなれることだってあります。腹も立たなくなりました。

そんなことに腹を立てている暇があったら、森林破壊や海洋汚染や動物虐待に、腹を立てていたいと思います。

そしてもうひとつ、これはつい最近、発見できたことです。ミスを起こしたとき、起こされたとき、というのは、その人の器量というか、度量というか、要は人としての在り方が試されているときでもある、ということ。試されているのは相手だけじゃなくて、自分も、です。

私がある人の名前の漢字を間違って書いたメールを、送ってしまったときのことです。送信後に間違いに気づいて、すぐにお詫びのメールを送りました。本当に情けなくて、どうして送る前に気づくことができなかったのだろうと、頭を搔き毟りたいような気持ちでした。漢字一字でも、間違いは間違いです。しかもそれは相手の名前。絶対に間違ってはいけないのです。「変換ミスだった」で済まされる問題ではないのです。名前とは変換するものではなくて「覚えて、書く」ものだから。

お詫びのメールを送ったあと、その人から届いたメールにはこう書かれていました。

——えー！　名前が違っていたなんて、全然気がつきませんでしたー！（笑）

ほっと胸を撫で下ろすと同時に、私は「はっ」としました。

彼女は本当に、間違いに気づいていなかったのだろうか。もしかしたら、気づいていたのに「気づいていなかった」と、書いてくれたのではないだろうか。私の気持ちを軽くしてくれるために。

これは「愛」だなと、私は思いました。これは小さな愛の言葉であり、大きな愛の行為ではないか、と。

今度「小手毬さん」と書かれたメールが届いたら、私も愛の力を発揮したいと思います。許すだけじゃなくて、相手の気持ちをふっと軽くしてあげたい。軽くするだけじゃなくて、笑わせてあげるところまで持っていけたら、最高だと思います。

では今夜も、おやすみ前の小さな詩をどうぞ。

コデマリとは関係のない、夫婦愛の詩です。

私からあなたへのささやかな愛の贈り物です。

あなたのおかげ

いつの頃からか
互いの悩みは打ち明け合わず
それぞれで解決しようと決めた
仲の良い夫婦だから
喜びは二倍になるけれど
悩みも二倍になると知ったから
楽しいことだけ共有し
問題にはひとりで立ち向かう
笑うときはいっしょに
泣くときはひとりで

いつの頃からか
私はそんな強さを得た
だからときどき
あなたの顔が曇っていると
私が問題を解決してあげたくなる
私が解決してあげる
私が守ってあげる
私が闘ってあげる
勝って笑わせてあげる
強くなったな、私
あなたのおかげだよ

花の命は短くて

大きなものに包まれる

今は三月の終わり。日本から、桜だよりが届く季節です。メールに満開の桜の写真を添付してくれる人が多くて、もっぱらパソコンの画面で桜を愛でる日々。

城壁のように積もっていた家のまわりの雪は、やっとのことでほぼ解けたところ。桜の開花にはまだほど遠く、三寒四温がつづく中、「寒」の日には名残雪が舞ったり、春の嵐が強風を連れてやってきて、裸木の枝をばさばさ落としたりしています。

毎年の庭仕事は、この枝拾いから始めます。

そうこうしているうちに、四月がやってきて、池の周辺で冬眠をしていた蛙たちが目を覚まし、池に飛び込んで、盛んに鳴き始めます。目的は生殖。つまり、おすがめすを求めて鳴いているわけです。

その声は、楽しそうにも、切なそうにも、聞こえます。

なぜ鳴いているのか、意味づけをするのは人間だけで、当人たちはただ本能的に、無心に鳴いているだけなのでしょう。その無心さがなぜか、心を深く癒してくれるのです。

初蛙——春の季語にもなっています。

読み方は、はつかはづ（はつかわず）。

調べてみたところ、その年に初めて聞こえてくる声は「初蛙」で、夕方に聞こえてくるのは「夕《ゆう》蛙」で、遠くから聞こえてくるのは「遠《とお》蛙」なのだそうです。

つくづく、しみじみ、思います。日本語は奥が深くて、美しい。

蛙の鳴き声ひとつを取っても、これだけの言い方があるのですから。それというのも古来、日本では、蛙とは「その声を愛でるもの」であった、とのこと。

森では、この初蛙と共に、春の幕があけます。

初蛙の声は私にとって「春を告げる森の声」なのです。

ここ数年、雑誌に連載していた『森の歌が聞こえる』という童話集が完成し、つい先ごろ、世に送り出す段取りが整ったとき、この作品の編集者が「通勤の途中で見かけました」と言って、桜の花の写真と、路肩で咲くたんぽぽの写真を送ってきてくれました。『森の歌が聞こえる』は、桜から始まって、森の四季を巡ったのち、最後はたんぽぽでしめくくられる作品なのです。

二枚の写真を見ながら、しみじみ、つくづく、こう思いました。

ああ、桜は確かに美しい。けれども、どこか寂しげでもある。曇り空のもと、満開にはなっているけれど、どの花もうつむき加減で、まるでこれから散りゆく儚い運命を嘆いているかのようにも見える。

それに比べて、このたんぽぽの、元気いっぱいなことと言ったら。「ねえ、見て見て」と、言わんばかりに、誇らしげに葉を広げ、空に向かって、太陽を見上げて、明るい黄色い花を咲かせている。咲かせたところで、誰かがそれを見て「わあ、きれいだね」と、褒めてくれるわけでもないのに。しかも、石ころだらけの道ばたで、今にも人の足に踏みつぶされそうな場所で、朗らかに、たんぽぽは咲いている。

私はやっぱり、桜よりも、たんぽぽ派だな、と思いました。

子どもの頃から、花壇のきれいな花よりも、花壇のまわりに生えている雑草の方が好きでした。今でも、私はたんぽぽのようでありたいし、雑草のように生きていけたらいいなぁと、あこがれています。儚い美しさよりも、強い強さに惹かれる。人々からの注目よりも、自分で自分に満足していたい、ということかもしれません。

そんなことを考えているところへ、旧友がこんな詩を送ってきてくれました。

彼女は「桜の季節になると、この詩を思い出すの」と言うのです。

書き写してみます。

なずな花散る

桜の花の咲くころに
なずなの花も咲くでしょう

遠い昔にしたように
いいえ初めてするように
なずなの花を摘みとれば
なずな花散る
なにが散る？

桜が散れば花吹雪
なずなが散れば
ほろほろと
なずな花散る
こころ散る

いかがでしょう？

ちょっと童謡の歌詞のようでもありますね。

私は単純に「ああ、いいなぁ」と、思いました。

雑草っていいなぁ、すてきだなぁ、と。きっと、四十年前にもそう思いながら、この詩を書いたのでしょう。私は桜じゃなくて、なずな派だと思いながら。

そう、この詩の作者は、二十代の私、なのです。

当時、熱心に詩を投稿していた雑誌『詩とメルヘン』の昭和五十九年八月号に掲載された詩。選んで下さったのは、やなせたかし先生。

手前味噌な話で申し訳ありません。

でも、こうして改めて読んでみると、三つ子の魂百まで、でしょうか、この心境は今の私の心境に相通じるものがあり、二十代の初めに書いた詩が図らずも六十代の私にフィットしているのかと思うと、人生とは「巡り巡るものなんだな」と、感慨を覚えます。

三十代、四十代、五十代の私がこの詩を読んでも、私はあっさりと「ふうん、そうなんだ」とうなずくだけで、立ち止まって深く、この詩を味わうことはなかったでしょう。なぜなら、詩作からスタートした私は、小説を書くことを生業にするようになってからは、ひたすら、言葉を積み重ねていく作業に没頭してきたから。つまり、言葉の足し算、掛け算に夢中になってきたから。

この詩は、言葉足らずな二十代に書いたもので、そこから長い積み重ねの四十年あまりを経て、これから私は、引き算、割り算の年代に入ったのかもしれません。これからは、言葉をどんどん削っていって、どんどんシンプルにしていって、あとに残った「核」だけでやっていけばいいのかもしれません。まるで老木みたいな心境でしょうか。余計な枝を落として、花は最小限だけ咲かせたら、あとはもう成り行き任せ、風まかせ。

それでも、老木でありながらも、雑草のような強さを内に秘めて、最期までたくましく、生きていきたいと思っています。

「花の命は短くて、苦しきことのみ多かりき」と言ったのは林芙美子です。若かった頃は私も「そうだな」と思っていました。

このごろでは、このように思っています。

花の命は確かに短いけれど、植物の命は、連綿とつづいていく。今年の花が終わっても、次の年にはまた花を咲かせるし、老木になって倒れても、そのそばでは幼木が育ち始めている。つまり、花の命は短いけれど、花はもっと、もっと、大きなものを、宇宙規模ほど大きなものを、内に秘めているのではないか、と。

同じ花でも、アメリカ（以下、東海岸を意味しています）と日本では、こんなに違うのか、と、びっくりしたり、目を見張ったりした「花のお話」をいくつか。

まずは桜。桜といえばお花見ですよね。でも、アメリカ人はお花見というものをしません。アメリカには花見の宴会という習慣がないのです。ワシントンD.C.で毎年、春になると咲く桜は、日本からアメリカへの贈り物でした。その桜の下でお花見の宴会をしようとしているアメリカ在住の日本人たちに「屋外での飲酒は、法律で禁止されています。お花見はやめましょう」という注意書きを配るボランティアたちがいるそうです。

あじさい。渡米する直前まで住んでいた借家のまわりは、ブルーのあじさいで取り囲まれていて、私たちはこの家を「紫陽花屋敷」と呼んでいました。あじさいと言えば、雨に濡れながら咲く、あのぼってりとした質感のある、青い花しか浮かんできません。でも、アメリカのあじさいはピンクか、白。白は、墓地に植えられていることが多い。ブルーのあじさいはほとんど見かけません。これは、アメリカの土壌がアルカリ性だからだそうです。

ひまわり。日本の夏の風物詩です。アメリカではこの花は、表の花壇じゃなくて、家の裏などにひっそり植えられています。なぜなのか、わかりません。薔薇や百合のように愛《め》でられることはなく、なんとはなしに雑草あつかい。一度、家の前の花壇に植えたとき、夫から「今年だけにして」なんて言われてしまった。なぜ？　私の推察では、ひまわりは観賞用じゃなくて、種を食べたり、油を取ったりする、実用的な花だからなのでしょうね、きっと。

菊。日本の秋の風物詩です。アメリカでは、秋の終わりに鉢植えだけが出回ります。花壇に植える人は、いません。鉢植えを買って、秋の終わりから冬になるまでのごく短いあいだだけ、玄関先に飾ります。

日本の河原などに群生している背高泡立草の生まれ故郷は、アメリカ。アメリカの秋の河原に群生しているニューヨークアスターは、明治時代にアメリカから日本へ渡っていったそうです（日本では野菊、または友禅菊）。このふたつの花、本書のまんなかの写真ページにも登場しています。ぜひご覧下さい。


あなたはきょう、道ばたで、どんな花を見かけましたか？

電車の中から、どんな花を見かけましたか？

花の命は短いけれど、来年もきっと、同じ場所で、同じ花が咲いているでしょう。

もしもあなたが今夜、なんらかの心配事に胸を痛めているとしたら、なんらかの悩みがあって眠れそうにない夜を過ごしているのだとしたら、私はあなたに「おやすみなさい」に代えて、一輪のたんぽぽを贈りましょう。

ねえ、見て、見て。

たんぽぽは、日本でもアメリカでも、まったく同じ、あの元気なたんぽぽなのです。

小さな花を胸に秘めて、大きなものに包まれて、ぐっすり眠って下さいね。

もしもあなたが言葉を持っていなかったら

【職場の同僚とランチをするのは楽しいし、お互いの愚痴も聞き合って、いっしょに怒ったり、笑い飛ばしたりしてスッキリ！　のはずが、いつからか、デスクに戻るころにはどっと疲れている自分に気づきました。彼女の愚痴を聞かなければ知ることもなかった社内の出来事に腹を立てたり、自分も話しながらイライラしたり。だからといって、同僚とランチに行くのをやめるというのも極端だし、彼女の話も聞いてあげたいし、仕事をする上でもコミュニケーションは大事ですよね。わかってはいるのですが、疲労感のあまり、午後はぐったりしています。小手鞠さん、どうしたらいいでしょう？　三十代の仕事大好き人間より】

ランチタイムがこわい！　ですね？

私もあなたと同じような恐怖（というと、ちょっと大げさですけど）を日々、味わっていたことがあります。

インド放浪の旅のあと、東京へ出ていって、就職情報雑誌で見つけた英語教材の出版社で働き始めたのは、二十九歳のときでした。その後、フリーライターになるまでの、わずか一年半ほどではありましたけれど、朝九時から午後五時まで、その会社で営業事務の仕事をしていたのです。

同僚や先輩社員や上司に誘われてランチに行くと、話題はたいてい、社内のあれこれや、他の部署の人たちやその場にいない人たちの噂になります。噂話イコール悪口のこともままあります。女性同士で行くと、あなたとまるで同じで、互いの愚痴や悩みをぶつけ合っていました。ときには、恋愛相談や失恋相談や結婚相談や不倫相談を受けることも。

正直なところ、私も疲れていました。

午後、デスクに戻って仕事をしようと思っても、ランチタイムに聞かされた「言葉」が頭の中でぐるぐるぐるぐる渦を巻いているようでした。同時に、自分の言った「言葉」も頭のかたすみにくっきりと残っていて、こすっても消えない黒いインクの染みみたいなのです。

「ああ、すっきりした！　話を聞いてくれて、ありがとう。誰かに聞いてもらえただけで、気分がよくなった気がする。ああ、よかった」

同僚の笑顔を思い出して「あれでよかったんだ」と、懸命に思おうとしても、思い切りネガティブな話（愚痴、悪口、悩み、泣き言、羨望、恨みつらみなど）を聞かされた私の心のもやもやは、そんなに簡単には、すっきりしないのです。

同じ会社の別の部署で働いていた、当時は恋人だった夫に話すと、

「だったら、これから、ランチタイムには毎日、僕といっしょに食事に行けばいい。会社の人と行くのは、金輪際やめたら？」

と言います。

そう、彼は「電話がいやなら電話線を抜け。嫌いな人とは絶交すればいい。いやなこと、不愉快なことはいっさいしなくていい」という、実に明快な「切り捨て主義」の持ち主なのです。

「あなたはアメリカ人だから、それでいいのかもしれないけれど、私は日本人だし、日本社会では、そういうわけには行かないの」

そんな答えを返して、彼に反発していましたっけ。

あれから三十年以上が過ぎました。今の私には、彼のアドバイスは的を射ていたし、あれは正しい答えだったと思えます。

疲れるような人といっしょにランチをするのは、やめた方がいい。

あとで疲れるとわかっている愚痴のこぼし合いは、やめた方がいい。

前者を切り捨てるのは、難しいかもしれない。過去の私が言ったような理由もあるし、あなたの言うように、仕事仲間とのコミュニケーションを大事にする、という意味合いからも。

けれども、後者を切り捨てるのは、実はとても簡単です。

あしたから、いえ、きょうから、今からでも、できます。

相手が愚痴をこぼしても、あなたがこぼさなければいいのです。

あなたは言葉を持っています。いろんな言葉を持っています。それらの言葉のうち、相手を疲れさせ、自分をも疲れさせるような言葉を「使わないでいる」ということを心がけてみて下さい。言葉は使うためにあるものだけれど、ときには、使わないためにもあるのです。「もしもあなたが先に行ってしまったら」の章にも書きました。言葉よりも沈黙が功を奏する場合があるのです。

ここで、森の樹木を思い浮かべて下さい。木にはたくさんの葉っぱが茂っています。葉っぱは黙っています。静かです。けれども、多くのことをあなたに語ってくれています。静かな葉っぱは饒舌に、豊かに茂って、あなたの心を慰めてくれます。

ランチに行ったとき、もしもいつものように同僚が愚痴をこぼし始めたら、あなたはただ黙って、聞いてあげて下さい。一本の木になって。

返す言葉はごく短く、でも愛をこめて。

「大変だったね」「よくがんばったね」「つらかったね」――そのあとに、あなたの愚痴は言わない。仮に愚痴があっても、言わない。ただ、言わないだけでいいのです。シャットアウトするだけ、しかも、自分の愚痴だけを。「私もよ」「わかるわかる、私も同じよ」「私の場合はね」と、話し始めない。

ね、簡単でしょう？
まったく同じアドバイスを、この人にも贈りたいと思います。

【友人や知人と、楽しく過ごした日の夜こそ眠れなくなる、なんて私だけでしょうか……。たとえばホームパーティに招かれて、すごく盛り上がって、あとから思い出しても笑いがこみ上げるほど会話がはずんで「ああ、楽しかった」。で、終わればいいのに、だんだん、ちょっと本音を言いすぎたんじゃないか、あのときあの人は、実は怒ってなかっただろうか、次も誘ってもらえるだろうかと心配になってしまいます。こんなの、私だけでしょうか？】

あなただけではありません。私も、です。
人と会って話したあと、相手じゃなくて自分の言葉を、いやになるくらい反芻して、あれでよかったのだろうかと、神経質なまでに考える癖が私にもあります。電話による会話が苦手な理由も、電話よりもメールが好きな理由も、ここにあります。

こういう性格と長年つきあってきて、そうして、私とは正反対の性格の持ち主である夫と長年つきあってきて（彼が自分の言葉を後悔しているように見えたことは、本当に一度もありません）私はやっと、先にも書いた通り「ネガティブな言葉を発しない」スキルを身に付けたのです。それでもたまに、うっかり失敗することはありますけれど。

相手がどんなにそういう言葉を発しても、同調したり、安易に共感したり、愚痴に愚痴を畳みかけたりするのではなくて、ただ黙って、微笑みながら、受け止めるだけに留めておく。これって、実際にやってみると、すごく簡単だし、とってもすがすがしいことなんですよ。

悪口、愚痴、批判、読んだ人や聞いた人が少しでも不愉快になるかもしれない、少しでもそういう可能性があると思える「言葉は使わない」ことを、私なりにではありますけれど、常日頃から徹底しています。使わなかったことによる不都合が生じたことは、これまでに一度もありません。

もちろん、求められたなら、意見は述べます。反対意見であっても、きちんと述べます。しかしそこに攻撃性、悪意、憎悪のかけらもあってはならない。自己防衛、自己弁護の鎧も取り外して。使われるすべての言葉には、相手への愛がこもっていなくてはならないのです。

嫌いな人にこそ、憎い敵にこそ、愛を注ぎなさい、それが本物の愛、と言ったのは確か、ダライ・ラマ十四世だったと記憶しています。また、静謐な場所ではなくて、騒音のまっただ中で修行をしなくてはならない、と、著書に書いていた僧侶もいましたっけ（つまり、嫌いな人と長い時間を過ごすことによってこそ、あなたは愛を学び、愛を体得することができるのだ、と、私は解釈します）。

もしもあなたが言葉を持っていなかったら、あなたはどうやって、自分の愛を相手に伝えるでしょう。

きっと、両腕を広げて、相手をぎゅっとハグするのではないでしょうか。心をこめて、心から「愛しているよ」と、体で表現しようとするでしょう。

それとも猫みたいに、すりすりしますか？

それとも犬みたいに、しっぽを振りますか？

きっとあなたは、言葉のかわりに、全身全霊で愛を表そうとするでしょう。

それと同じやり方で、あなたは言葉を使えばいいのです。

道元禅師は私たちに、こんな言葉を残してくれています（『道元一日一言』大谷哲夫編 致知出版社より）。


愛語というは、衆生をみるにまず慈愛の心をおこし、顧愛の言語をほどこすなり。


あなたに愚痴を打ち明けてきた同僚に対して、まず、慈愛の心を抱く。その上で、あなたが愛のこもった言葉を発すれば、それを聞いた相手の心も和みます。愚痴は自然消滅し、相手の心にはじわじわと、喜びがあふれてきます。友情もあふれてくるでしょう。あなたも楽しくなってきます。ランチタイムもホームパーティも同じ。愚痴を聞かされたら、笑顔でうなずきながら「愛語」を返してあげればいいのです。愚痴に愚痴を返すよりもずっと楽しくて、ずっとずっと簡単で、あと味もさわやかです。

ね、これで、あしたのランチタイムが楽しみになったでしょう？

あしたはどこへ、何を食べに行きますか？
同僚と、どんな楽しい会話をしますか？
最後に私からあなたへ、朝露の玉みたいな愛をこめて、このひとことを贈ります。
今夜もそっと「おやすみなさい」――。
新緑でいっぱいの、静かな静かな森の夢を見て下さいね。

おはよう！　今朝も気持ちよく目覚めましたか？

小手鞠るい（こでまり・るい）

一九五六年岡山県備前市生まれ。同志社大学卒業後、出版社勤務、学習塾講師、フリーライターなどを経て、一九九二年に渡米。一九九六年から現在まで、ニューヨーク州ウッドストックの森の住人。動植物をこよなく愛する。趣味は登山とランニング。一般文芸、児童書ともに著書多数。森の生活を描いた作品として『空から森が降ってくる』（平凡社）がある。

本文写真　グレン・サリバン

今夜《こんや》もそっとおやすみなさい

二〇二一年十月五日　第一刷発行

著者　小手鞠るい

発行者　松岡佑子

発行所　株式会社出版芸術社

〒一〇二－〇〇七三　東京都千代田区九段北一－十五－十五
電話　〇三－三二六三－〇〇一七
ファックス　〇三－三二六三－〇〇一八
http://www.spng.jp/

印刷・製本　中央精版印刷株式会社

編集　荻原華林

ISBN 978-4-88293-542-1